그리고

행복하다는

소식을

돌았습니다

그리고

행복하다는

소식을

들었습니다

이병률

사람을 진정 사람이게 하는 것은
누구나 가지고 태어난 그리움의 인자因子 때문일 것이고,

바로 그 그리움 때문에라도 사람은
섬뜩할 정도로 깊이를 알 수 없는 눈빛을 가지고 사는 건지도.

사랑은 한 사람과 한 사람의
이야기일 뿐이다.

한 덩어리의 이야기인 것 같지만
각자의 이야기일 뿐이고
그래서 슬프고 충분히 쓸쓸하다.

손   잡아주지
못해서

아주 오래전부터 손에 대한 글을 쓰고 싶었다.

당신 손에 관한 글을.

당신 손에 소독약을 발라준 적이 있었다. 아마도 내가 당신 손을 잡았거나 최소한 당신 손에 내 손을 덮었을 것이다. 하지만 그때 손의 온도도 촉감도 기억나지 않는다. 당신의 얼굴만 기억이 날 뿐, 손이 기억나지 않는다는 사실이 나는 놀랍다. 꽤 긴 시간을 보면서 지낸 사이인데도 당신 손이 어떻게 생겼는지 기억할 수 없다니……. 마치 한 번도 가본 적 없는 세상의 아주 먼 곳을 그리워하면서 사는 나의 습관처럼 그렇게 불쑥 떠오른 당신의 손. 그럼에도 잊히지 않고 잊을 수 없는 손이라니…….

밝은색이었을지, 작았을지, 손등의 표정이 어땠을지 도무지 모르겠는 손.

햇빛을 가리느라 손을 올렸을 때도 본 것 같고, 손가락으로 종이의 글씨를 가리킬 때도 본 적은 있지만 영 기억나지 않는 손.

장작 앞에 여럿이 모여 서서 불을 피우려고 한 날이었다. 당신이 성냥을 처음 사용해본다며 익숙하지 않은 듯 성냥을 그어봤지만 성냥이 부러져버렸을 때 나는 당신에게, 힘 빼고 성냥개비 긋는 법을 알려주었다. 다시 시도해 붙인 성냥불로 장작에 불이 붙자 기뻐하며 당신이 말했다.

"가방에 성냥 가지고 다니는 사람은 처음 봐요."

"취미가 불장난입니다."

장작불을 바라보던 당신이 내 썰렁한 농담에 고개를 들어 나를 쳐다봤던 일. 그리고 그 성냥을 가지라고 당신에게 건넸던 일. 아직도 난 여전히, 그때 이 말을 하지 못한 걸 지금도 후회한다.

"당신에게 불을 선물할 수는 없으니, 대신 성냥을 선물하는 겁니다."

인생은 대부분 발이 하는 일과 손이 하는 일로 이루어진다. 하지만 누구나 아마도, 손의 분량이 훨씬 더 많다고 생각한다. 삶을 조각하는 임무는 절대적으로 손이 맡는다. 손의 쓸모를 떠올릴 때마다 자연스럽게 연상되는 손의 장면이 있었고 그것이 당신의 손이었다는 사실을 처음 고백한다.

손을 보는데 마음이 미어지는 사람이었다. 다른 것도 아닌 손만으로 그 사람의 많은 걸 들여다보고 있는 기분. 어쩌면 손에 보이는 것은 얼굴 표정일 수도 있으며 사연일 수도 있으며 마음일 수도 있는 것. 손은 당신하고 조화롭게 잘 지내고 있을 터인데 내 숨이 턱 하고 막혀오는 것은 당신에 대한 그만큼의 애정 때문일런가. 그때 덥석 손을 잡아주고 싶다는 내 머릿속 충동만으로 찌르르 전기가 오를 듯했던 건 좀 그런 일인가.

공원에서 음식 먹다가 내가 흘린 것을 손으로 집어 물가에 던지던 일, 당신 손가락 끝에 들풀 냄새를 묻혀 내 코에 대던 일, 당신이 둥그렇게 손을 말아 탁자 위에 올려놓은 것뿐인데 그게 벅차 보였던 일. 이어폰 한 짝을 만지작거리다 내 한쪽 귀에 꽂아주던 일…….

잊히지 않는 손.
그 손을 지휘하는 손목.
당신이 필요로 하는 것을 끌어모으기 위해 뻗는 것이 손과 손목이겠지만 당신 손은 맨손으로 운을 파내는 일을 했던 것만 같다. 그토록 이제까지 당신 손이 잊히지 않는다면, 나는 그 손을 가지지 못한 것이 아니고 무엇이겠는가.

장작불이 다 꺼져갈 무렵, 무심코 당신이 막 벗어놓은 면장갑을 꼈을 때 느껴지던 당신 손의 온기. 손을 잡지 않고도 그걸 느낄 수 있다면 어떤가. 손잡는 일 따위에 시간이 걸린다 한들 그것이 나쁘지 않다고 믿는 사람이지 않은가, 나는.
당신이 잠시 머물다 가는 이 별에서의 나는 추위하는 사람 하나 데우는 의자면 어떨까, 땀흘리며 모래먼지 같은 꿈에 쫓기는 사람 하나 식히는 그늘이면 어떨까 싶다.

나는, 당신의 생일을 꼭 챙겨주고 싶지만 언제인지 모른다. 생일을 알게 된다면, 그때 꼭 당신이 장갑을 갖고 싶다고 말해줬으면 한다. 나의 맨 처음 생일선물이 꼭 장갑이어야 하는 이유는, 당신의 그 손이 빈손이 아니었으면 해서, 당신의 시린 손을 내 손을 대신해 덮어주기 위해서다.

그러면 당신은 선물에 담긴 의미 따위는 모른 척하고, 받아주는 것으로 하자. 그래야 눈이 펑펑 내리는 날이면 눈이 내린다는 핑계를 앞세워 문자를 보낼 수 있을 것이고, 길 위에 나와 당신 두 사람의 발자국을 찍을 수 있을 것이다. 그 발자국은…… 당신과 나의 나란한 방향을 기록하면서 영원히, 그대로, 얼어 있으면 좋겠다.

그리고 남겨진 일이 있다. 언젠가 나는 당신의 손을 잡고 말해주겠노라. 참 많이도 사랑했다고. 사랑한다고 말해야 하는 때가 지금이 아닌 것은 나 당신을 오래 사랑하고 싶기 때문이라고도, 나중에 명백히 말하겠노라.

뿌리째
아름다운   일

사랑에 대해 한 권의 책을 쓰고 싶었습니다. 그만두었습니다. 쓰지 않아도 세상에는 물처럼 공기처럼 사랑이 흐르고 있으니까요. 사랑은 도처에 살아 있고 또 인간이 살아 있을 때만 하는 게 사랑이니까 내가 쓰는 것은, 써야 할 필요가 있겠나 싶었습니다.

한 플로리스트가 나에게 물었습니다. 세상에서 제일 중요한 가치가 뭐예요? 난 서슴없이 '사랑'이라고 대답했습니다. 어떤 사랑이냐고 되물었습니다. 사랑이요. 도처에 널려 있는 사랑, 다요. 그랬더니 그렇게 피해 가지 말라고 하더군요.

나는 소심한 성격의 사람이라 '피해 간다'라는 말이 며칠 마음에 걸렸습니다. 아마도 소심한 사람의 반대쯤 되는 사람이라면 그 말이 하나도 안 중요했을 겁니다.

그 무렵, 한 권의 만화책을 선물 받았습니다. 번역된 일본 만화책이었는데 일본 만화책은 아주 오랜만인지라 의식도 못하고 책을 거꾸로 읽기 시작했습니다. 왜 일본책은 아랍처럼 거꾸로 읽는 문자를 사용하지도 않으면서 우리 책하고는 정반대로 읽는 기준을 따르는

지. 그렇게 영혼 없이 중간쯤 보다가 내가 이 책을 거꾸로 읽고 있구나 생각했습니다. 혼자 얼굴이 붉어졌습니다. 근데 그 만화책 내용이 사랑이었습니다. 거꾸로 읽어도 전혀 어색하지 않은 한 권의 책이 있다니 그것만으로도 아름다운 일이었습니다.

나는 거꾸로 되짚어보기로 했습니다. 내 사랑을.
내가 아는 사람들과 그들의 사랑들을. 그리고 사랑했던 당신과 사랑하고 있는 당신을요.
마침 KBS 클래식FM 〈당신의 밤과 음악〉 진행자인 이상협 시인과 제주에서 술을 마셨습니다. 늦여름 밤, 태풍 영향으로 바람이 세게 부는 바닷가에서였습니다. 다정한 후배는 새로 작업하는 게 있냐고 내게 물었고 "사랑 이야기를 한 권 쓸까?" 하고 아무 생각 없는 척 대답했습니다. 그후 그 프로그램에 원고를 보내고 읽어주는 시간을 〈내 사랑은 별처럼 작습니다〉라고 이름 붙였습니다.
'내 사랑은 별처럼 작다'는 말, 아는 사람은 알 겁니다. 내 사랑이 얼마나 작은지를요. 농담입니다. 내 사랑은 별 같지도 않거니와 또 그렇게 작지도, 그렇다고 크지 않을지도 모릅니다. 그러고 보니 코너 제목을 잘못 정한 것도 같군요. 내 사랑은 달처럼 지독하달지, 내 사랑은 딸기처럼 달달지…… 그럴 걸 그랬습니다. 그래도 아주 먼 거리에서만 별을 볼 뿐 아주 가까이서 본 사람이 없기에, 별의 크기에 대해 잘 설명할 수 있는 사람은 극히 드뭅니다. 나도 내 사랑을 설명할 수는 없을 겁니다. 영원히 말입니다.

마침 이런 이야기들이 저를 잡아끌었던 것일 수도 있습니다. 남자는 여자에게 청혼을 하면서 '결혼'이라는 단어는 빼고 이렇게 말합니다. "스웨덴 스톡홀름 갈 때 당신이 어떤 드레스를 입을지나 고민해봅시다." 여자는 이 말을 단번에 알아듣고는 남자의 청혼을 받아들입니다. 노벨상을 받게 될 테니 그땐 당신과 함께하겠다는 남자의 제안이 세상 든든합니다.

그렇지만 세상의 모든 말들은 술술 통하기만 하는 건 아닙니다. 또 어떤 남자는 여자에게 사랑을 고백하면서 이렇게 말했습니다.

"우리 함께 오슬로에 가자. 분명한 건 우리가 그곳에 가면 어떤 확신을 갖게 될 거라는 거야."

하지만 여자는 오슬로가 뭔지 몰라 노르웨이에 가자는 말로 듣지 않고, 그냥 카페 이름쯤으로 받아들입니다.

세상에는 직접적이지 않은 말들이 있는데, 그 말들이 직접적이지 않은 이유는 그 말을 강력하게 꾸미기 위해서입니다. 맞습니다, 꾸민다는 말. 우리말로는 보통 '은유'라고 하지만, 다른 어떤 말로는 '메타포metaphor'라고 합니다. 메타포는 마음의 상태를 효과적으로 지원해줌과 동시에 표현을 풍부하게 해주는 시적인 비유를 말합니다.

은유의 한 예를 들어볼까요.

'당신 눈은 호수처럼 맑아요' 같은 문장을 보면 '~처럼'이라는 연결어를 쓰는데 이것은 직유입니다. 하지만 '당신 눈은 호수예요'라는 표현에서는 연결어가 없습니다. 이것이 바로 은유입니다. 직유보다

직접적이고 힘이 있고 풍부해지는 느낌이에요.

"하늘이 울고 있네요."

"당신 목소리에서는 바람 소리가 나요."

이런 표현들은 전달에 있어 선명하지 않을지는 모르지만 그래도 뭘 말하는지 알 것 같으면서 말 속에 분위기가 있습니다. 직유는 쉽고, 은유는 조금 어려운 감이 있습니다. 직유가 일상 언어라면 은유는 일상 언어가 아니기 때문인 거예요.

"그날 창문 앞에 서 있는 당신은 눈사람이었어요."

눈사람 같은 게 아니라, 눈사람이었다고 바로 말합니다.

"너의 눈에서 꿀이 떨어졌어."

많이 쓰이기도 하는 이 표현에서도 꿀 같은 것이 아닌, 꿀이 떨어진다고 바로 표현함으로써 효과가 상승됐습니다.

사랑이 직진이어야 한다면, 그 사랑의 속성과 은유는 많이 닮은 듯합니다. 표현만으로 상대에게 들이대는 듯한 효과도 있습니다.

사랑 앞에서는 봇물 터지듯 터져나오는 메타포를 참을 수 없기 마련인데 그럴 땐 참지 마세요. 메타포는 표현 방식에 있어서 그 어떤 것보다도 우아하고 강력하니까요.

왜 사람들은 말 속에 뭔가를 숨겨놓으려는 걸까요. 그 은밀한 은유가 대체 뭐라고 어떤 경우에는 찌르르 통하고, 어떤 경우에는 철벽을 친 것보다 더 두껍게 귀를 막아버리는 걸까요. 사랑이 통째로 은유로만 이루어진 것이라 친다면 사랑이 가능할 수 없을 정도로 사람들은 헤맬 것입니다. 그렇지만 사랑에 있어 메타포를, 세상 아무

쓸모없는 헛다리 짚는 일이라고 치부하기에 사랑은, 또 그 마음의 면적은 너무도 귀합니다.

사랑할 때 메타포의 도움을 받으면 감각이 마비되는 듯 황홀에 빠지는 경지에 이르게 되는 겁니다.

술에 취한 여자친구가 길가에 세워진 간판이나 가로수를 보면 인사를 합니다. 남자는 여자의 그 모습에 빠져버립니다. 물론 정확히 이것은 메타포는 아닙니다. 마비가 온 겁니다.

요리하는 남자친구를 사귀기 시작한 여자가 자신의 남자 사람 친구들을 불러놓고 남자친구가 만든 요리를 먹이기로 한 날. 요리가 짜도짜도 너무 짠데 여자는 그걸 짜다고 느끼질 않습니다. 이것은 메타포가 될 수 없지만 그 일로 그 남자와 여자는 잘되었습니다. 물론 이것도 마비라고 볼 수 있습니다. 좋으면 혀도 무엇도 작동하지 않나봅니다. 메타포는 문학적인 데 비해 마비는 육체와 정신이 동시에 작동하는 것 같습니다. 그리고 보면 나 같은 사람이나 메타포 타령하지 건강한 사람들은 마비 쪽을 택하는 것 같습니다.

메타포인지 마비인지 그 둘이 동시에 한 사람을 휘저었던 일화도 있습니다. 독서모임에서, 한 남자는 사람들에게 말합니다.

"자, 이 페이지에 있는 '……'들을 보세요. 이 말줄임표에는 과연 우리가 모르는, 어떤 말들이 숨겨져 있는 걸까요?"

그곳에 모인 사람들은 아무도 대답을 하지 않습니다. 남자는 말하고 싶은 것이 있지만 모여 있는 사람들을 눈으로 훑기 시작합니다.

그때 한 여자는 남자에게 빠져듭니다. 무엇을 말하는지 정확히 모르지만 세상 사람들 모두가 눈으로만 따라갈 뿐, 궁금해하지 않을지도 모르는 그 '……'을 붙들고 의미를 캐내려는 남자.

여자는 그 말을 듣고는 울컥, 울렁이기 시작합니다. 그 남자가 이 세상을 구원할 것만 같은 힘을, 그리고 그만큼의 울창한 깊이를 가졌을 것만 같아 여자는 가슴에 뭔가 차오르기 시작했던 겁니다.

한 사람이 한 사람에게 미지근한 감정의 부스러기만을 건네려 할 때도, 어떤 힘있는 표현은 그 한 사람을 살게도 합니다. 사랑이 그렇습니다. 짧게 줄여진 말이나, 직접적으로 하지 않은 말들 속에는 마치 뭔가가 발견되기를 기다렸다는 듯 우주가 꿈틀거리기 시작합니다. 사랑이 그렇습니다.

사랑은 죽은 사람을 깨우기도 합니다. 정신 못 차리는 사람을 정신 차리게도 하고, 제정신인 사람을 정신 못 차리게도 하는, 세상의 모든 축제를 한데 몰아넣고 끓이는 용광로가 사랑인 겁니다.

그렇더라도 내 사랑은 작습니다. 비틀비틀 빛나는 별처럼 작습니다. 내 사랑은 말줄임표일지도 모르며, 직접 말하지 않는 그놈의 메타포 중독일 수도 있습니다. 단 한순간도 씩씩할 수 없어서 포스트 잇에 몇 줄을 적어 건네지도 못하는, 그만큼 내 사랑은 작습니다.

열 번 백 번의
프러포즈

아일랜드에서는 사 년에 한 번 돌아오는 2월 29일이 여성이 남성에게 프러포즈를 하는 날이라고 했던, 술 마시고 하는 나의 이야기를 들은 남자는 의도적으로 그 시기에 맞춰 여자와 함께 아일랜드 옆 나라 아이슬란드에 갔다. 남자는 나에게 오로라를 보게 되면 프러포즈를 할 거라고 귀띔을 했지만 나는 아이슬란드에 가서 한 번도 오로라를 보지 못했노라고 초를 치기도 했다. 그런데 이 두 사람, 아이슬란드에 도착한 첫날 밤부터 오로라를 볼 수 있어서 남자는 바로 프러포즈를 했다고 했다.

여자는 '장난하지 말라'는 허무하고도 거친 말로 남자의 입장을 흩트려놓았다. 그렇게나 장대한 계획을 세우고도 성사시키지 못했다면 그러지 말았어야 할 텐데 남자는 또다시 프러포즈를 감행했다.

남자는 100일 동안 프러포즈 일지를 썼다. 사랑하는 마음도 적고, 왜 사랑하는지에 대해서도 적고, 같이 살고 싶은 이유와 만약 둘이서 이뤄지지 않은 채 헤어진다면 얼마나 끔찍한 일이 닥칠지에 대해서도 기록했다. 아이슬란드에서는 그 압도적인 자연 풍광이 준비물이었다면 이번엔 남들이 다 한다는 꽃장식 상자 안에 반지도 넣어 준비했다.

남자의 목소리가 너무 큰 문제였을까. 여자는 남자가 준비한 100일 동안의 일지를 펼쳐들고 사람 많은 우아한 식당에서 목청 높여 읽을 거라 생각한 건지 엉거주춤 몸을 일으켜 도망갈 자세를 취했다고 했다. 아니면 제 손가락에 들어가야 할 반지가 그 옆 손가락에 맞고 만 것이 문제라면 문제였을까.

기적은 일어나지 않았다.

박연준 시인은 『쓰는 기분』에서 기적이 뭐냐는 질문을 받으면 "내가 사랑하는 사람이, 나를 사랑하는 일"이라고 대답하겠다고 했다. 그만큼 기적은 일어나는 게 아니라, 닥쳐오는 게 아니라, 기적은 우리와 영원히 상관없는 일.

사람은 일정 시간을 함께 지내면 사랑에 빠진다. 단 두 사람인 경우에는 그 확률이 더 높으며, 둘 사이의 거리나 반경이 좁을수록 더 그렇게 되며, 아주 좁은 공간에 있게 된다면 더더 사랑으로 번지기 쉽다. 그저 마주보고 있을 수만은 없는 것이다. 일렁이는 감도로 뭐라도 해야겠는 것이다.

자신도 모르는 사이 스스로를 훈증하여 연기 같은 것을, 어쩌면 향수의 향 입자 같은 것을 상대에게로 번지게 한 다음 스며들게 해 상대를 포박하려는 동시에 그 사람을 갖겠다고 손을 뻗는 방식, 그 침범의 형태가 바로 사랑인 것만 같다.

이것이 남자의 경우라면, 여자는

여자는 남자의 마음을 받아들이지 않고 애써 쳐내는 것이, 어쩌면 단 하나로 규정되는 삶이 두려웠고, 그 단 한 번의 선택이 어떤 식으로든 깨질 수 있을 거라는 확률도 무서웠던 것 같다. 그것은 여자에게 폭력이거나 중력이기도 할 것이었다. 어쩔 수 없는 것들을 어쩔 수 없이 거부하거나, 거부하지 못하면 밀어내기라도 해야 하는 그런 것. 결정할 수 있을 만큼 결정적이지 못한 것.

남자가 일지에 적어 여자에게 건넬 거라는 문장을 먼저 읽은 건 누구보다도 나였다. 나라도 이런 프러포즈를 받았다면 다리에 힘이 풀리고, 머리에 열이 나고, 심장이 쩍 하고 갈라질 것 같은, 그의 문장은 이랬다.

"커피를 내렸는데 얼음을 컵에 한가득 담았다가 이제 찬 커피는 안 마셔도 되는 계절인 것 같아서 그냥 컵째로 냉동칸에 넣어두었어. 두 시간, 세 시간쯤 뒤였나. 얼음이 생각나서 그 얼음을 꺼내는데 각각의 각얼음이 아니라 하나의 덩어리로 붙은 채로 꽁꽁 얼어 있었어. 통째로 얼어버린 얼음이 저희들끼리 꼭 껴안고 있는 거 같기도 하고, 아무튼 그냥 한 덩어리가 돼버린 그걸 보는데 문득 나와 너, 생각이 나는 거야. 녹으면 끝인 얼음의 숙명이 아니라 물이 되려다가 다시 얼음이 되어버린 얼음…… 그 얼음덩어리를 컵에서 꺼낸 다음에, 내 손바닥 위에 올려놨는데…… 마치 네 심장은 이렇게 차갑게 이 모양으로 생겨먹었을까 싶은 거야. 네 생각을 해서였겠지만 얼음덩어리를 올려놓은 손바닥이 아주, 조금씩 따뜻해졌어."

물론 이 글은 내가 좋아하는 취향의 글일 뿐일 수도 있다. 그러니 안 될 인연이라면 여자 입장에서는 이 글을 끔찍하다거나 징그럽다면서 내칠지도 모르는 일.

나는 말했다.

"안 좋은 결론에는 몇 가지 공통점이 있는데, 바로 이런 면 때문에 싫어하는 걸 수도 있어요. 보통 사람에겐 좀 과한 감성이라고요. 내 경우를 봐도 이래서 나를 싫어하는 사람, 많이 봤답니다."

우산 위로 떨어지는
여름

우산 사는 게 제일 아깝다. 자주 쓰는 물건도 아닌데다, 이미 가지고 있는 게 많아서이기도 할 것이고, 우산을 사고 나면 얼마 뒤에 비가 그치는 일이 자주 있었기 때문이다. 그나마 외출할 때 들고 나온 우산을 여태껏 잃어버리는 일은 거의 없었으니 다행이라고 해야 할까.

그래도 그날은 당신을 만나러 가는 길이니 우산을 샀다. 비를 쫄딱 맞고 당신을 만날 수는 없어서.

마주보고 앉아 저녁을 먹고 있는데 당신이 당신의 젖어버린 신발을 자꾸 신경쓰는 듯했다. 내가 '편의점에 가서 양말 같은 걸 사와야겠다'고 말했지만 당신은 괜찮다고 신경쓰지 말라고 했다. 줄곧 발을 신경쓰고 있는 사람을 앞에 두고, 일체 신경을 쓰지 않는 건 나로선 체질상 불가능한 일이었다.

내가 아는 누가 여행을 갔다고, 그곳이 좋은 모양이라고 나는 말했고 당신은 그곳에 가보고 싶다고 말했다. 나는 만약 그곳에 가게 된다면 늦가을이 무척 좋을 것 같다고 했다.

저녁을 다 먹었다. 나는 그때까지만 해도 뭔가 공식적인 분위기를 충분히 녹이고 있었다고 생각했는데 당신은 불쑥, 그만 집에 가보겠다고 했다. 택시 앱을 켜는 것 같았다. 나는 분위기를 지속하려 다른 화제를 꺼내봤지만 당신은 문자를 타이핑하더니 택시의 신호를 기다리는 듯했다.

젖어버린 신발 때문에 그러는 걸까. 마주앉은 나 때문에 그러는 걸까. 잠시 후, 자리에서 일어난 당신과 나는 식당 앞에서 택시를 기다렸다. 당신이 나더러 먼저 가라고 했다. 나는 택시 타는 걸 보고 가겠다고 말했지만, 한사코 그렇게 하라고 했다. 나는 발걸음을 옮겼다. 택시가 한참 오지 않는 것 같아 발길을 되돌릴까 싶어 몇 번 뒤돌아보고는, 그냥 가던 길을 마저 걸었다.

뒤에서 차 오는 소리가 들렸다. 당신이 타고 있는 택시였다. 몸을 돌려 눈인사라도 하겠다고 우산을 들어올리는 순간, 속도를 내던 택시가 길가에 고인 빗물을 세차게 튀겼고, 나는 바지가 다 젖도록 그 빗물을 뒤집어쓰고 말았다.

당신도 봤을 것이다. 그러고도 당신은 자신이 한 일이 아니라고 할 것이며, 또한 모른 체했을 것이다. 애써 기다리고 싶어하는 사람을 기다리지 못하게 했던 고집이 사람을 얼마나 비참히 쓸쓸하게 하는지를 당신은 역시도, 모른다 할 것이다.

기습적인 소나기가 잦은 지난여름이었다. 집으로 돌아가는 길, 우산을 가지고 나오지 않은 걸 후회했다. 지하철에 도착하고도 밖으로 내리꽂히는 소나기의 기세는 여전했다. 산 지 얼마 되지 않은 운동화를 신고 나온 게 문제라면 문제였다. 개찰구 가까이로 걸어가고 있는데, 앞서 걷던 여자가 갑자기, 우산을 버렸다. 그 주변에 쓰레기통이 없어서였는지 기둥 옆 아무데나 우산을 버린 거였는데, 나는 반사적으로 그것을 집어들었다.

그 하늘색 우산을 주워 들고는 우산살이 꺾인 것은 아닌지, 아니면 영 못 쓰게 고장이 난 건 아닌지 살폈다. 아주 멀쩡했다. 이 정도면 운수 좋은 날이라고 해도 좋을 것 같았다.

여자의 우산을 주워서 쓰겠다는 의도를 들키지 않으려 앞서 걷는 여자 뒤를 느슨한 보폭으로 걸었다.

그때 저기 멀리에, 여자를 마중나온 한 사람이 눈에 들어왔다. 환하게 웃고 있는 사람은 남자였는데, 그는 우산 두 개를 들고 서 있었다. 여자의 뒷모습만 봐도 비 오는 날 우산을 가지고 나와 자신을 기다리는 남자가 반가운 듯했다.

둘은 가볍게 껴안았고 비가 내리는 길로 나섰다. 남자가 여자에게 우산 하나를 건네자 여자는 한 손으로 받기만 할 뿐, 이내 남자의 우산 속으로 들어가 다정히 밀착해 걸었다.

나는 여자가 버린 우산을 들고 있었음에도 우산을 펴지 못하고 빗속으로 멀어져가는 두 사람의 뒷모습을 바라보았다.

두 사람은 빗속을 걷는 게 아니라 파도 소리가 아름다이 들리는 바닷가를 걷는 연인처럼 보였다. 아닌 게 아니라 코로 맡아지는 건 바다 내음이었고, 귀로 들리는 건 파도 소리였다.

두 사람은 일 년 전에 함께 걸었던 바닷가에 도착했을지도 모른다는 생각이 들었다. 어쩌면 오늘 만난 것이 그 둘이 헤어진 지 일 년 만일지도 모른다는 생각도 들었다.

나도 우산을 폈다. 그 우산에다 나를 태운 다음, 바닷가로 진입하고 싶었으나 발을 내디딜 때마다 바다는, 내 발치에서 점점 더 멀어지고 있었다.

익숙한 맞은편
앞자리

처음 만나는 그 사람에 대해 거의 아무 정보도 없는데 만날 장소를 정한다는 것, 만나서 뭘 해야 할지를 머릿속으로 그려본다는 것. 그런 일은 조금 많이 답답한 일입니다. 뭘 물어야 할지, 눈은 어떻게 마주쳐야 하고, 어떻게 어느 정도로 웃어야 하는지, 묻는다면 어디까지인지, 내 이야기의 양은 어느 정도여야 하는지, 긴장하는 걸 들켜도 되는지, 그것도 문제입니다.

각자의 문제를 뒤로하고 두 사람은 처음으로 만나기 위해 장소에 입장합니다. 기대 따위는 없어도 된다고 알고는 있지만 중간 역할을 맡은 친구들에게 들은 이야기가 있어 두 사람에겐 각자, 기대가 없지는 않습니다.

어디서 오는 길인지를 서로 묻습니다. 그런 걸 묻는 게 어떤 말로 시작해야 하는지 망설이는 것보다 자연스럽다고 생각합니다. 주말에는 뭐하냐는 이야기, 살고 있는 동네 이야기…… 그리고 또 무슨 이야기를 해야 할까요. 익숙하지 않은 공기를 걷어내는 일이 두 사람은 쉽지 않습니다.

여자는 말수가 적습니다. 남자는 약간 신이 나려다가도 혼자 뭐하나 싶어 힘이 듭니다. 두 사람은 각자 고양이를 기르고 있고, 고양이 사진 찍는 걸 좋아한다고 익히 들어서 서로 알고 있습니다. 이 자리를 마련해준 친구들로부터, 그러니까 여자는 여자 친구한테, 남자는 남자 친구한테 들었던 겁니다. 맞습니다. 두 사람은 고양이라는 행성을 좋아합니다.

하지만 고양이 이야기도 얼마 가지 못하고 시들해져버립니다. 고양이 이야기를 할 때도 두 사람은 얼굴 근육을 하나도 사용하지 않고 있습니다. 이미 둘 다 커피잔을 비웠는데 커피를 더 시켜야겠다는 생각도 자리를 이동해야겠다는 생각도 없습니다.

여자는, 이 자리를 만들어준 여자 친구에 대해 이야기를 꺼내기 시작합니다. 남자도, 한번 만나나 보라고 등을 떠민 남자 친구에 대해 이야기를 꺼냅니다. 두 사람은 동시에, 자신들을 소개해준 그 두 사람이 아주 잘 어울릴 거라는 데 의견을 모은 다음, 처음으로 마주 보고 활짝 웃습니다.

두 사람이 처음 만나는 자리에서 멀지 않은 곳에, 그 두 사람이 아주 잘됐으면 하는 바람을 가진 다른 두 사람이 앉아 있습니다. 오늘의 소개팅을 주선한 남자와 여자는 맥주를 한잔 마시는 중입니다. 만남의 결과가 어떨지 궁금하다는 핑계로 만난 두 사람은 지금 소개팅중인 두 사람의 문자를 기다리는 중입니다.

"두 사람 잘되면 한턱 얻어먹어야지."

여자는 남자의 그런 살짝 후줄근하고, 은근히 볼품없는 말투가 싫지 않습니다. 일부러 그러는 게 아니라 그렇게 순박하게 생겨먹은 사람. 그런 사람은 세상에 많지 않을 것이기 때문입니다. 몇 번을 만났지만 오늘처럼 맥주를 마시는 건 처음 있는 일입니다.

하지만 소개팅하는 친구들로부터 차례대로 안 좋은 결과가 통보됩니다. 그 통보를 받은 두 사람은 각자 메시지만 확인했을 뿐 그 결과에 대해서는 이야기를 꺼내지 않습니다.

아까는 저녁 노을빛이 소개팅하는 두 사람을 비췄다면 이번에는 저녁의 모든 자동차 불빛들이 이 두 사람을 비추기 시작합니다. 오늘 이야기의 중심은 이제, 저쪽에서 이쪽으로 옮겨야 할 필요가 있을 것 같습니다.

파도 소리를 베개 삼아
깊은 잠에 빠져드는 당신과 나

아버지는 수영을 가르쳐준다고 하고선 수영장에 당신을 던졌다. 그것만이 가장 빠르고 확실하게 수영을 배우는 방법이었겠으나 어린 당신이 아닌 그 누구라도, 그런 방식으로 배우는 건 원하지 않았을 것이다. 원하건 원하지 않건 여러 번 수영장에 던져졌다, 당신은.

그러면서도 사랑은 가르쳐주지 않았다. 누구를 만나 감정의 파도가 휘몰아치더라도, 수영을 그렇게 배웠듯이 그때도 그렇게 당신을 내던지라고 가르쳐주지 않았다. 자전거를 배울 때도 잡아주는 건 몇 번뿐, 중심을 잡지 못해 생기는 일들에 대해서는 구체적으로 배울 수 없었다. 아버지는 상처에 약을 발라주긴 했지만 자전거를 얼른 잘 타지 못해 미안해하는, 어린 당신의 세계에는 안중에 없었다.

사랑에도 중심이 중요한 거라는 말을 들었더라면, 그때는 그 말이 무슨 말인지를 몰랐을지라도 언젠가는 그 말을 되새길 수 있을 때가 올 거라는 말을, 당신의 아버지는 빠뜨렸다. 스키를 혼자 배우면서도, 많이 넘어져야 잘 탈 수 있다는 걸 알면서도 넘어지지 않으려고만 했으니, 사랑 앞에서도 늘 넘어지지 않으려는 쪽이었다.

사랑이 무엇이라는 걸 알려주는 이가 없고, 세상엔 사랑을 가르쳐주는 교실도 없었기에 당신은 물감을 짜놓고 막막해할 뿐 도화지에 점 하나조차 찍을 수 없다. 그러다 사랑은 배워서 하는 게 아니라는 걸 알게 된 어느 날에는, 그래서 사랑을 제대로 진행할 수 없는 어느 날에는 체기를 누르고 누르다, 그저 흐릿하게 주저앉게 되는 것이다.

당신에게 사랑이란 건, 어느 한 사람의 특별한 지점에 이끌리게 된다는 것이다. 그 지점은 구체적이지도 않으며, 그럴 법하지도 않으며, 그래서 일반적이지 않은 쪽일 것이다. 그 사람이 휴지나 가위를 사용하는 방법이라든가, 당신이 약속에 늦었을 때 그 사람이 하는 행동이라든가. 어쩌면 그 사람이 당신에 대해 오해하고 있는 부분까지도, 당신은 당신 사랑의 좌표에 포함시킨다.

식당이나 술집에 갔는데 음식이나 술이 마음에 드는 게 아니라, 창가의 빛이나 조명 혹은 주인의 말투 같은 것에 영향을 받은 나머지 그곳에 다시 가고 싶어지는 것과 비슷하다고 말할 수도 있겠다. 꽃집에서 중요한 건 잘 포장된 근사한 꽃다발이 아니라 꽃을 사겠다는 근사한 당신 마음의 상태가 박동을 불러오는 것처럼 말이다.

당신은 그 사람이 어떤 누구일지라도 감추는 것 없이 밝거나 순한 목소리만을 가졌다면, 어떻게든 사랑에 빠질 수 있을 것 같다. 그건 오직 새로움만이 이전의 것들을 지워낼 수 있다는 믿음 같은 것이며, 이전 사랑의 상처를 똑같이 반복하지 않겠다는 결의에 힘을 실어준다.

세련된 것에 끌리기도, 화려하거나 육중한 것에 매료되기도 쉽다. 그러나 아무것도 만들어지지 않은, 많은 것을 모르는 듯한 내면. 원시의 날것이라고 해도 좋을 상태. 그 사람이 지금껏 이 세상에는 없었던 단 하나의 사람 같아서, 당신은 사랑에 빠진 것이다.

무슨 일일까. 악기를 배워야겠다는 마음이 드는 것은. 무슨 일이긴. 마음이 찢어질 것만 같은 하늘빛 때문이다. 아니다. 사랑이 있어서다. 가슴 한가운데 맺혀 있으나 풀지 않아도 좋을 그런 사랑이.

슴슴하게라도 사랑을 해야 할 것 같다. 계절 때문이라고 핑계를 대면 그만일 사랑을. 당신을 사랑해서 세상 모든 것을 사랑하고 마는 사랑이어도 괜찮겠다. 사랑에 필사적으로 진입하기 위해서라도 우리의 처음은 우연이어도 좋겠다.

갈 수 없는 곳에 도달할 수 있으며, 얼마나 걸리는지 알 수 없으며, 그럼에도 시종 가슴이 울렁거리는 일, 넘치는 그것은 사랑이다. 그 길에 흐드러지게 꽃이 열리고, 귓가에 큰물이 굽이쳐 페달을 굴리고, 모든 시야에 걸려드는 사소함들을 환각하는 일, 배고픈 그것은 사랑이다.

사랑을 배운 적이 없어서, 사랑을 하지 못하는 당신이 사랑을 하지 못하고 있을 때도, 세상은 사랑의 풍경을 보여주며 페이지를 넘긴다. 그러니까 당신아, 우리는 그 페이지를 따라 여행해야 하고, 그 길에서 나 자신을 에워싼 모두를 괴롭혀서라도 영혼을 다 소모할 수 있을 때만 이번 생의 주인이 될 수 있다. 주인공 말고 주인이.

당신과 섬에 가고 싶었다. 당신과 나란히 맞댄 무릎들 위로 한가득 들이치는 햇살, 그리고 창문 너머 파도 소리를 베개 삼아 깊은 잠에 빠져든 당신과 나를 그려보았다. 그날 밤부터 나는 바보 같은 행동을 그만두고 비로소 진실을 알게 될 것이며 지금까지 알던 것을 뒤집어 경이로움으로 당신을 바라볼 것이다, 라는 생각도. 그 섬에 혹독하게 갇히게 된다면 당신하고 갇히고 싶은 것이다.

책상 하나를 사이에 두고 앉아 밤낮없이 글을 쓰거나 아니면 당신 얼굴을 들여다보는 것만으로, 내 이번 생의 힘줄을 잡고 싶은 것.

할 수만 있다면 그렇게, 나 잠시 당신의 악기가 되도록 나를 내던져보고 싶은 것.

그것이 아니라면
어떻게 하겠는가

어느 낯선 곳에서 혼자 맞이한 아침, 신선한 공기의 밀도, 약풍의 바람, 그리고 뜨겁거나 건조하지 않은 날씨의 질감이 당신 기분을 완벽한 상태로 만들었는데, 그사이 누군가 덜커덩 떠오르고 차올랐다면, 그것만으로도 당신은 그 사람을 완벽히 사랑하고 있는 것 아니겠는가.

당신이 왜 무작정 바다에 가고 싶어하는 건지, 당신이 왜 그 사람이 한 말을 여러 번 여러 각도로 곱씹는지, 그리고 왜 자주 멍해지는 것만으로도 잘못된 방향으로 내달리는 느낌에 가슴이 아픈 건지, 이 정도라면 당신은 그 사람을 열심히 사랑하고 있는 게 아니고 무엇이겠는가.

잠시 자리를 비운 사이
커다란 진동이

내가 잠시 자리를 비운 사이, 탁자 위에 올려둔 내 전화기가 진동으로 울린다.

화면에 내 이름이 뜬다.

이걸 본 사람은 이상하게 생각한다. 그 사람은 내가 다른 사람의 휴대전화기를 가지고 다니는 걸까, 하고 생각한다.

나는 지금 사랑하고 있는 사람을 내 이름으로 저장해둔 것이다.

나 자신보다 더 사랑하는 사람이라는 의미로 그렇게 했다.

사랑하는 사람에게 자신의 이름을 겹쳐놓을 수 있다.

이번엔 이렇게 위대한 행동을 하기로 한다.

이번 사랑은 세상 어떤 사랑보다도 은밀하고도 깊다는 생각.

우리는　　　사랑하면서도
여러 번　　　헤어지자 말했다

나는 헤어지자 말했다. 너도 헤어지자고 말했다. 그게 몇 번이었다.

사랑하는 게 유일한 일처럼 그랬던 사람들이, 헤어지는 게 유일한 일처럼 그렇다니.

한 번 '헤어지자'는 말을 들은 사이는 사랑을 지속할 수 없는 법이라고 네가 말한다.

그 말을 들은 나는 '나쁜 균일수록 잘 자라는 법이니까'라고 생각한다.

가슴은 두근거리게
얼굴은 붉어지게

식물가게로 출근을 할 때는 지하철을 이용합니다. 을지로3가역. 이 일대는 식물가게를 열기 전부터 자주 다녔던 길입니다. 젊은 감각을 가진 사람들이 허름한 건물을 개조해 카페나 음식점을 열기 시작하면서부터, 어떤 무엇이 생겨나고 있는지 궁금해서 혼자, 자주 들르곤 했었죠.

지하철에서 내려 1번 출구를 이용합니다. 그날의 기분에 따라 골목길을 선택한 뒤 한 번이나 두 번 회전하면, 청계천 물가가 나오고 다리 하나를 건너야 일하는 곳이 나옵니다. 누구를 만나러 갈 때는 2번 출구를 이용합니다. 1번 출구를 이용할 때와 그 외의 출구를 이용할 때는 기분이 많이 다릅니다. 가슴이 두근거린 적도, 얼굴이 붉어진 적도 있기 마련인데, 그 모든 것이 지하철역에서 올라오기 직전, 지상에는 반짝이는 것들만 기다리고 있을 거라는 해방에 대한 기대 때문이었죠.

오래되고 낡고 허름한 것을 좋아합니다. 그것들도 빛을 낼 줄 압니다. 그 오래되고 낡고 허름한 것들을 당신에게 보여주고 싶었습니다.

왠지 당신은 그런 것들을 잘 받아들이고, 같이 냄새를 맡으며 고개 끄덕여줄 것 같았습니다.

한 번도 들어갈 일이 없을 것 같은 잡다한 기계를 파는 가게 앞에 앉아 부채를 부치고 있는 어르신 옆에 당신을 세우고 사진 한 장을 찍어준 다음, 일제히 가게문을 닫아놓은 아주 좁은 골목길의 녹슨 냄새를 지나 '간판도 없는 이런 곳에 뭐가 있다는 거지?' 싶은 카페를 찾아갈 때는 슬쩍 손을 잡아끌어도 좋겠습니다.

가장 좋은 가능성을 앞세워 하루를 정했습니다. 당신을 그 동네로 초대하기로 한 겁니다. 을지로3가역 2번 출구에서 만나자는 문자를 보냈습니다.

1번 출구로는 일을 하러 가는 사람들이 방향을 잡습니다. 2번 출구로는 사랑을 하러 가는 사람들이 두근거리는 마음을 데리고 계단을 오릅니다. 내가 느낀 것 가운데 하나는, 일을 하러 가는 사람들이건, 또 사랑을 하러 가는 사람들이건 저마다 부족함을 가지고 산다는 겁니다. 그 부족함을 그저 자신의 내부로 더 깊이 옮겨놓는 일을 하면서 살 뿐인 거죠.

재능과 열정의 못마땅함, 자신 자체를 맘에 들어하지 않음. 을지로3가역에는 그런 부족함을 눈동자에 고스란히 드러낸, 나 같은 낯빛의 사람들을 스칠 수 있습니다. 큰 도시의 정 한가운데이니 어쩌면 그런 사람들이 섞인 물결은 당연한 것인지도요.

당신이 그 동네를 좋아한다면 타일가게에 들러 부엌 바닥에 깔고 싶은 타일을 고르고 싶었습니다. 문고리가 아닌 바닥 타일인 것은 붙일 재주는 있어도 떼어낼 마음이 없어서입니다. 당신과 함께 요리를 할 일이 생길지도 모른다고 가정하고는 언제 완성될지 모르는 그 부엌의 타일은 당신이 고른 것으로 하고 싶었습니다. 부엌이 아니라면 온실을 짓는 건 어떤가요. 당신 인생길의 여행가방은 내가 들어도 좋을 거라 생각했지요. 하지만 그것은 그것으로 다였던 걸까요? 당신을 2번 출구에서 두어 번쯤 만났던 어느 날 이후로 우리는 마지막을 맞았습니다.

당신이 남긴 혼란스러워 하는 표정도, 그리고 지금의 당신으로선 '시기가 좋지 않다'는 말도 그 모두가 내가 모자라기 때문은 아닐는지요.

휴대전화에 이런저런 잡다한 것들로 꽉 차 있다는 알람이 자꾸 떠서 휴대전화 속에 저장된 만여 장의 사진을 정리할 일이 생겼습니다. 그러면서 생각했습니다. 버릴 것도 없고, 못 버릴 것도 없는, 오래 지녀야 할 것도 없고, 간단히 지워버릴 것도 없는 그 수많은 사진들 속에서 당신 사진은 어떻게든 남기고 싶다고 말입니다. 그 사진이 이후의 내 삶에 기준이 될 거라 믿었습니다. 그런데 전화기에 남겨진 당신 사진은 단 한 장뿐인 겁니다. 그것도 당신을 찍기 위해 다른 사람을 찍는 척 찍었던. 남기기엔 어떤 명분으로든 부족한 당신의, 단 한 장뿐인 사진.

아무 날도   아닌
날에

한 청년이 식물가게에 찾아왔습니다. 꽃다발을 예약하고 싶다고 해서, 어떤 사람에게 줄 건지 물었습니다. 무슨 사연이 있는지, 내가 묻는 말에 대답을 잘, 못했습니다. 꽃다발을 받을 사람은 여자였고, 아무 날도 아니었고…… 그게 다였습니다. 마음의 문이 닫힌 사람이라기보다는 여렸고, 나를 알고 찾아온 것 같았지만 청년의 성격 탓에 풍성한 대화는 할 수 없었습니다. 꽃다발에 어울릴 꽃들을 설명하자, 청년은 알겠다고 하고는 사흘 뒤에 찾으러 오겠다고 했습니다.

다다음날, 한 여성이 찾아왔습니다. 작은 화분 하나를 추천해달라고 했습니다. 선물할 건데, 받을 사람은 남자였고, 기념할 일이 있는지 물으니 아무 날도 아니라고 했습니다. 나는 이상하게도, 엊그제 찾아온 청년의 얼굴이 겹쳐졌습니다. 두 사람이 어떻게 만났는지 물어봐도 되냐고 물었습니다. 두 사람은 우연히 제주도 여행중에 만났다고 했습니다. 더 우연인 것은, 나의 책에 나오는 제주도에 관한 이야기를 읽고 무작정 떠난 여행에서 한 사람은 다른 한 사람에게 말

65

을 붙였고, 그렇게 식사를 하다가 나의 이야기를 하게 되었다는 겁니다.

제주도는 2박 3일 여행 온 사람에겐 여행 동선이 길지 않은 편이라 그런 우연한 마주침도 가능할 거라 생각했습니다. 그렇게 겹치듯 만났습니다. 두 사람은 제주도 여행 이후 처음으로 만나는 거라 했고, 그게 내일이라고 했습니다.

나는 어쩌면 그 화분이 엊그제 꽃다발을 주문한 청년에게 주어질지도 모른다는 추측만으로 여성에게 말했습니다.

꽃보다는 화분이 좀더 의미가 있는 거 같아 좋기는 한데, 화분보다는 편지를 쓰는 게 어떻겠냐고 말입니다. 어떤 내용의 편지를 쓰는 게 좋겠냐고 여성은 물어왔습니다.

아무 날도 아닌 날, 화분을 선물하는 것도 좋지만 아무 날도 아닌데 편지를 받는 사람 마음이 더 열릴지도 모르니 그저 마음에 담은 글이면 좋겠다고 말했습니다. 여성은 눈을 동그랗게 뜨더니 대뜸 나에게 편지 쓰는 걸 도와줄 수 있겠냐고 물었습니다. 그렇게 식물가게 한 켠에서, 편지 쓰기 수업은 시작되었습니다.

"꽃다발은 시들면 마음이 조금만 아프지만, 화분의 식물이 죽으면 마음이 더 많이 아픕니다. 그런 이유로 화분 대신 편지를 쓰는 거라고 첫 줄에 적으면 어떨까요?"

내가 제안했습니다. 여자는 좋다고 했습니다. 그리고 그다음 줄에는 두 사람이 만났을 때의 첫인상이나 느낌들을 적으면 좋겠다고 했습니다. 나는 공식적으로 남의 편지를 훔쳐보는 사람이 되었고 즐거웠습니다.

편지를 쓰고 난 감정은 아마도 확신 같은 것일 겁니다. 잘 몰랐던 내부의 뭉게구름들이 선명해져서 곰 한 마리의 형상으로 완성되거나, 솔직해지려고 애쓰지 않아도 솔직해져서, 지금 이 감정에 있어서만큼은 챔피언이 되고 싶은 것. 그게 편지의 미소입니다. 나의 다른 측면을 내비치는 일.

내 감정에 당신의 도움이 필요합니다…… 라든가 내가 당분간 기댈 곳은 당신이었으면 합니다…… 같은 문장을 굳이 적지 않아도 편지는 그 모든 문장을 모두를 대신해 한 사람의 계절에 가닿을 것입니다. 하고 싶은 말에는 불을 밝혀주고 서성이는 마음에는 가닥을 잡아줄 것입니다. 화분 한 귀퉁이에 자라나고 있는 잡초를 뽑아 치울 때의 감정처럼 말입니다.

아무 날도 아닌 그날이 되어 청년이 꽃다발을 찾으러 왔습니다. 청년은, 생전 처음 가슴에 안아보는 꽃다발이 쏟아내는 말들을 알아들었는지 지난번보다는 눈도 마주칠 줄 알고, 이야기도 조금 합니다.

나는 그날, 청년에게 편지 한 통을 받게 될지도 모른다고 말하지 않았습니다. 물론 여자에게도 꽃다발을 받게 될지 모른다는 걸, 말하지 않았으니까요.

내가 말하지 않은 것으로 두 사람에겐 충분한 날이 될 것입니다. 아무 날도 아닌 날이 충분할 수 있다면, 꽃다발이 화분이 되고 편지가 강물이 되어 흘러갈 수 있다면…… 그리하여 누구를 앎으로써 가슴이 뛴다는 게 그 얼마나 황홀한 축제인지를 알 수 있게 된다면 두 사람은, 조금 많이 벅차겠습니다.

오래 만나세요. 그 긴 시간 동안 셀 수 없고 헤아릴 수 없을 만큼 많은 최고의 기억을 담으세요. 중요한 건 사랑한 만큼의 여운일 테니. 그 여운으로 힘이 드는 건 아무것도 아닐 테니.

나는 그 두 사람이 어디서 만나는지 하나도 궁금하지 않았습니다. 아무 날도 아니라는데, 아무데면 어떨까 싶어서 나는 하나도 궁금해 하지 않았습니다.

당신은
잘   건너고 있는지

친구로 남겨두어야 했을까요. 친구에게 사랑한다고 말하고, 친구에게 아주 오래전부터 내 감정은 그래왔노라고 말하는 것은 잘못이었을까요.

나는 내 감정을 굳이 밝히고 싶지 않았습니다. 말해버리고 나면, 내 사랑은 세상의 그 흔하디흔한 감정이 돼버리고 만다는 걸 잘 알고 있으니까요. 말을 꺼낼 수 없음도, 그리고 굳이 밝힐 수 없음도 사랑일 겁니다. 난 늘 그래왔으니까요. 하지만 쓱쓱 운동처럼 운전처럼 해버리는 사랑은 할 수 없게 됐습니다.

많은 생각은, 그것도 당신만을 생각하는 생각의 양은 한쪽으로 쏟아지다 못해 나에게 하지 말아야겠다 싶은 것들을 해제하게 했습니다.

그래서 잠금을 풀고 말했습니다. 몇 달을 그러다 말겠지 했는데 그게 벌써 일 년이 되어간다고요. 분명 그땐 당신이 내 말에 미끄러지듯 휘청했습니다. 무수한 먼길을 떠올렸습니다. 무수한 노력을 통해 이어지는 삶과 그 바닥을 떠올렸습니다. 잠 못 자는 며칠 동안, 그 사흘 만에 들은 당신의 대답은 내 사랑에 착지하지 않겠다는 거였습니다.

어수선으로 소란했습니다. 그후로 내내 아팠습니다. 특히 가슴이 아팠는데 그럴 땐 앞이 보이지 않았습니다. 더 참혹한 것은 당신에게 아무렇지 않은 척, 일상을 살아야 한다는 것이었습니다.

훔치려 하지 않았습니다. 감히 갖겠다고도 말하지 않았습니다.

잠시만 사랑해보자고 한 거였습니다.

당신이 가진 시계와 내가 가진 시계가 다른 속도로 진행될 뿐만 아니라 다른 날짜의 다른 곳을 바라보고 있다고…… 하지만 내 시계가 맞는 것이 맞다고, 그러니 당신이 내 시계를 봐줬으면 한다고 나도 고집 피우려 했던 겁니다. 내 시계의 바늘은 시간을 가리키지 않으니까요. 그만큼 내 사랑은 정확했습니다.

소나기 내리는 날, 식물원 온실에 잠시라도 당신과 갇혀 있고 싶은 마음. 그런 것이 정확하지 않다고 하려는 건 아니겠지요. 두어 계단 높이에서 슬쩍 당신을 밀어버린 다음, 내가 먼저 착지해 당신을 받아주고 싶은 마음. 그런 것이 쓸데없다고 하려는 건 아니겠지요.

당신을 친구로 남겨두는 게 맞는 일인지도 모릅니다. 나의 허튼 고백으로 지구의 밤들은 멈췄습니다. 태양은 뜨지 않았고, 새들도 비행을 멈췄습니다.

왜 사랑을 하지 않아도 된다고 선언하는 사람들이, 굳이 연애는 하지 않겠다고 분명하게도 정해놓은 사람들이, 요즘 세상엔 사랑하는 사람들보다 많아지고 있는 걸까요. 사랑은, 하지 않으려 해도 어쩔 수 없는 폭발 사고에 매몰돼버리는 것이라 믿는 나 같은 사람에게 당신의 선언은 산인하고 무서운 것이었습니다.

어느 날, 당신에게 '바다 책방'에 같이 가보자 했을 때 당신은 그곳을 궁금해하면서도 어떤 이유로 그곳에 가지 않겠다고 했습니다. 나는 '바다 책방'에 좋아하는 사람과 함께 갈지도 모른다고 알려둔 상태였고요. 그날 당신은 가지 않았는데 마중을 나온 책방 스태프는 나와 당신을 위한 두 개의 환영 꽃다발을 준비했었다는 사실, 내가 말했던가요. 나는 두 다발의 꽃을 들고 돌아오면서 마음이 사막이었습니다. 그 하나는 당신 손에 들려줄 수 없었으니까요.

책방에 있는 동안 책방 안에 가득한 활자의 수만큼이나 당신을 생각했습니다. 당신과 나의 먼 미래를 그린다면, 어느 깊은 산골에다 소박한 책방 하나를 꾸리며 같이 나이들어가고 싶었던 겁니다. 겨울이 긴 그 산마을에 눈이 많이 내리는 날이면 나는 난로에 장작불을 피워 커피 물을 끓이고, 손님을 맞을 일도 그리 잦지 않을 테니 당신은 그림을 그리는 겁니다. 소란을 죽이며 나는 당신의 뒷모습을 보겠지요. 하지만 이 모든 소망은 동백꽃 한 송이가 동백나무 아래로 툭 떨어지듯이, 흐리게 사라지고 말 흩어짐이겠지요. 오솔길 끝, 두 사람의 같은 주소가 있는 숲에는 한 번도 가본 적이 없는 채로 그저 환상일 뿐이겠지요.

당신은 잘 건너고 있는지요.

어떤 날, 어떤 저녁의 여백을 지우려 서로는 친구가 되었으나 이제 고스란히 되돌려진 여백을 채울 길 없는 저녁은 나에게도 쓸쓸입니다. 당신을 친구로 남겨두는 게 정말이지, 맞는 일이었는지 모르겠습니다.

나 　　당신을 만나
문명이 되리라

　그곳에 갔다가 그냥 돌아온 적이 있다. 아는 사람이 아무도 없어 쓸쓸했을 수도 있고, 벚꽃 아래에 앉아 넋 놓고 벚꽃을 올려보다가 마음을 다 잃었을 수도 있다. 무작정 전속력으로 달려가고 싶었다. 그런데 해가 지기 시작하면서는 돌아가야겠다고 마음을 바꾸었다. 어쩌면 그 도시에서 아무런 이유 없이 연고도 없이 단순히 하루 잠을 잔다는 것이 무작정 두려웠는지도 모르겠다. 그렇게 서늘하게 느껴지는 낯선 곳은 나에겐 드물었다.

　괜히 맥없이 하루를 자고 오는 것이 어울리지 않는 곳은 분명히 있다. 그럼에도 나는 자주 그곳을 떠올렸다. 이상한 일은 줄곧 떠나려는 욕구에 지배되는 나였음에도 김해나 공주나 경주 같은 고도에서의 정착은 의식하지 않았다는 점이다. 또 어느 면에서는 이미 수학여행으로 다녀온 적이 있기에 가고자 하는 의지 또한 모호했던 만큼, 그곳은 내게 그런 곳. 멀리 잠시 밀어둔 곳.

　어딘지 모르는 잔디에서 잠들었다가 잠에서 깨어 왕릉 사이를 걷다가 다시 왕릉에 엎드려 잠을 자는 꿈, 그곳이 그곳이었던 꿈. 내 마음은 그렇게 자주 신호를 보냈다. 내가 이 삶에서 지속적으로 반복해야 하는 것들을 끊어내는 것, 내가 지고 말 것이 뻔한 현실적인 것들 앞에서 방아쇠를 당길 힘을 구하는 것, 우연히 만난 그곳 사람과 소주 한 병을 시켜놓고 이야기를 오래 나누다가 창가에 둔 시든 흑장미에서 아린 향이 난다는, 아무도 모르는 사실을 공유하는 것.

한 달 동안만 운영하는 술집을 여는 것도 나쁘지 않겠다. 물가였으면 좋겠다. 시기는 벚꽃이 피고 지는 그 한 달이어도 아주 좋겠다. 술집 이름은 '한 달'이어도 좋겠다. 술값 대신 시를 낭독해주고 돌아가도 좋을 사람들이 많이 와줬으면 좋겠다. 서로 알지 못하는 사람들끼리 어울려 친구가 되는 그런 집.

누구나 한 달을 살고 싶어한다. 한 달은 이제 어떤 자격의 단위가 되었다. 사랑하는 사람과 한 달 사는 것, 길을 잃어서 우연히 걷게 된 예쁜 골목에서 살 집을 구해 살아보는 것, 뭐든 한 달만 가져보는 것, 뭐든 한 달만 부벼보는 것. 어떤 날은 공터에다가 동그라미를 커다랗게 그려놓고 그 안에 넣어야 할 것들과 그 밖에 배치할 것들을 떠올려보는 일도 해야겠다. 그 동그라미 안에 모래로 집을 지었다가 그 집을 허무는 것도…….

나는 그곳에 살면서 문명을 만들 것이다. 아름다움을 격하게 느끼고는 나 또한 그렇게 문명이 되리라.

그곳에서 당신과 한 달만 살고 싶다. 그렇게 한 달만 깨어 있고 싶다. 아무것도 남기지 않겠다. 잠결에 맞닥뜨린 당신을 와락 안고 싶다. 바람만 불어준다면, 그 바람에 꽃잎이 몇 장 실려와준다면 나 잠시 그곳에서 죽고 싶다.

나를, 당신을, 세상을,
세계를

사랑은 보이지 않는다. 형태가 있는 것이 아니기도 하며, 나의 경우에는 행동이 크지도 않을뿐더러 표정이 너무 드러나지 않아서이기도 하다. 눈 내리는 날, 하늘을 가득 채웠던 눈이 금세 거짓말처럼 사라져버리는 것처럼, 벚꽃으로 가득했던 거리의 열기가 하루아침에 마침표를 찍는 것처럼, 사랑은 좀처럼 스스로를 보여주지 않는다.

사랑은 들리지도 않는다. 소리가 없어서가 아니라, 소리가 너무 작아서일 것이다. 계곡에 꽁꽁 언 얼음 밑으로 나지막이 흐르는 물소리, 어쩌면 저 먼 바다 밑으로부터 고래가 나를 향해 잘게 잘게 헤엄쳐오는 소리, 그처럼 들을 수가 없다.

사랑은 무슨 맛이라고도 정의할 수가 없다. '무미'라는 의미의 말처럼 '맛이 없다'는 것이 아니라 분명히 맛이 있다. 하나의 맛으로 구성된 것도 아니며, 그 여러 맛의 조합을 하나하나 분리할 수 있다 하더라도 어떤 맛이나 냄새라고 특정할 수 없어서다. 겨울날, 하늘을 가득 채운 먹구름의 아스라한 맛을 닮기도 했으며 바람의 맛과, 이른 아침의 산 공기까지도 닮은 냄새라면 어떤가.

낯선 도시의 이발소에 걸린 벽거울, 그 위에 붓 같은 걸로 적혀 있는, 걸면 걸릴까 싶은 오래된 전화번호 같은 것. 사랑은 그런 것에 가까우며 처음 무대에 선 연극배우가 그렇게도 오래 외웠던 대사를 잃어버리는 순간, 한동안 무대 위에 펼쳐지는 적막 같은 것. 사랑은 그래서 폐에 공기가 다 사라질 때까지 소리 내어 운다고 해도 도저히 알 수 없는 것.

사랑은 상대에게 좋은 목소리를 내려는 욕구를 샘솟게 하며, 하물며 길가 담벼락 틈새에서 피어난 식물 하나를 보게 하기 위해 몸을 낮추라고 시킨다. 나를, 당신을, 세상을, 세계를 그렇게 만들지 않는다면 사랑이 아니다. 사랑이 아름답다면 그것은 모든 순간을 창조하는 일이 사랑이기 때문이고, 그것은 아주 자주, 그만큼 엉켜서 엉망이 되곤 하기 때문이다.

당신은 샴페인 터지는 소리를 들은 적이 있을까. 만약 사랑에 빠져 있는 상태라면, 사랑에 빠진 상대와 함께 있는 자리에서라면 샴페인 터지는 소리는 다르게 들린다. 달리 들리는 정도가 아니라 내 심장이 내는 소리처럼 들리기도 한다. 소리만 그런 게 아니라, 어떤 가능성에 대한 확신마저 들게 해서 감정을 선언하며 터뜨리는 폭죽 같다.

시간이 멈췄으면 하는 생각이 드는 것도 그때다. 시간을 멈추게 하는 힘을 갖는 건 사랑이 유일무이하다. '인생은 짧다'라는 말을 사랑 앞에서 여러 번 비밀스레 감춤으로써 시간은 그때마다 멈춰지고, 또 멈출 수 있다.

많은 사람들은 별이나 달이 두 사람의 사랑을 도와준다고 믿는다. 맞는 말이다. 하지만 정확히는 별이나 달도 결국은 '운'에 관련한다고 믿는 편이다. 별과 달의 주기에 의해 우리의 운도 좌우된다고 믿는 것인데, 어떤 날 어느 케이크를 자르느냐에 따라 큰 조각을 갖느냐 작은 조각을 갖느냐가 결정된다는 비과학적인 믿음이 맞다. 별과 달이 하는 일도, 그리고 '운이 하는 일의 가능성'에 관련해서도 "그게 어떻게 가능하냐"며 자신과는 아무 상관이 없다고 하는 사람들은 사랑 따위는 믿지 않는 사람들이기도 하다.

포르투갈 나자레 바닷가에는 매일 같은 시간에 산책을 가는 노인이 있다. 노인은 먼저 손가락으로 모래밭에 그림자 하나를 정성스럽게 그린 다음, 그 그림자를 축으로 하고 앉아 하염없이 바다를 바라본다. 그 긴 시간 동안, 살짝 졸기도 하지만 거의 대부분은 파도를 향해 시선을 고정한다.

그리고 노인은 자신의 진짜 그림자와 아까 그려놓았던 그림자가 겹치는 시간이 되면 그 자리를 떠난다. 매일 노인이 그런 행동을 반복하는 이유는, 잔인하게도, 언젠가 사랑했던 사람과 그런 식으로라도 하루 한 번씩, 만나고 돌아오고 싶어서다.

자, 이 이야기를 들으니 이제야 모든 조각들이 맞춰진다. 우리는 한 노인이 바닷가 모래밭에 그림자를 그리는 이유를 들은 다음에야 더 절절히 와닿는 무엇이 있는 것이다. 그러니까 누군가에게 바다에 가자는 말은 사실은 사랑한다는 말이며, 노을을 보러 가자는 말도 사랑한다는 말이며, 깊은 밤 불쑥 산책을 하고 싶다는 문자를 보내는 것도 사랑한다는 말과 다르지 않다는 것을.

벚꽃 보러 가자는 말을 당신에게 하고 싶은 것도 마찬가지. 왜 벚꽃이냐고 묻는다면 벚꽃을 좋아하기 때문이고, 벚꽃을 왜 좋아하냐고 묻는다면 그 순간부터는 더 할말이 없다. 벚꽃은 그렇게 할말을 잃게 만든다. 우리는 인생에서 몇 번의 '할말 잃음'의 순간을 만나는가?

볕 좋은 파주 출판단지의 작업실로 향하는 그 길. 자유로의 벚꽃 행렬 역시 아끼는 풍경 중 하나인데, 그 벚나무들이 모두 다르게 생겼다는 데 각별함이 있다. 유난히 분홍빛을 많이 머금은 벚꽃도, 초록 이파리들과 함께 꽃을 피우는 벚꽃도, 그리고 군데군데 어떻게 그렇게 눈 폭탄을 뒤집어쓴 채로 잠자코 서 있을까 싶은 흰 벚꽃도 그 길에는 쏟아질 듯 차려져 있다.

제주로부터 시작된 벚꽃을 따라 흥청망청 시간을 다 탕진하고 나서도 아쉬움이 남을 때, 나는 파주에서도 더 북쪽으로 달려 벚나무 한 그루를 만나러 간다. 마치 세상의 모든 벚꽃들이 작업을 마치고 봄의 마지막 페이지가 열리기 시작할 때, 아직 나 여기 피어 있소, 하면서 자신의 존재를 마지막으로 알리는 벚나무 한 그루. 그 벚꽃은 슬프게, 아주 처연하게 피어난다. 마치 생의 마지막 순간을, 무언의 몸짓만으로 우아하게 연기를 하는 팬터마임 같다.

그 벚꽃의 절정을 만나는 일은, 봄의 속도를 느리게 붙잡고 싶다는 말이며, 마침내 그 벚꽃을 만난다는 것은 인생의 어느 찬란한 하루를 붙잡겠다는 말이며, 그리고 그 벚나무 아래 앉아 먼 하늘을 올려다본다는 것은 아직 나에게 도착하지 않은 먼 훗날을 올려다보는 것임을, 나는 말하려고 한다.

그 비밀스런 벚나무의 위치를 누군가에게 알리지 않는 것도 중요하겠지만, 어쩌면 단 한 사람에게는 알려야 할지도 모른다는 예감 또한 어쩌지는 못하겠다.

봄이었다. 짧은 봄. 인생도 짧다. 누가 예술은 길다고 했던가. 인생은 짧고 사랑도 짧은 것이 분명하므로 어차피 긴 것은 인생의 범위 안에서 그저 허무할 뿐이다.

좋아하고 있습니다
그렇게   되었습니다

누군가, 당신을 좋아하고 있습니다.

그걸 당신은 모릅니다.

꽤 오래되었지만, 그래봤자 신호는 점선처럼 끊기다가 이어지는 것이었고 무엇보다 당신은 사랑 같은 거에 큰 관심이 없습니다. 만약 사랑에 연루되더라도 그건 한 오 년쯤 뒤라고 막연하게 생각하는 사람입니다.

당신을 좋아하는, 바로 그 누군가가 당신에게 앞으로 어떻게 살고 싶으냐고 물었을 때도 당신은 행복하게 살고 싶다고 말했을 뿐입니다. 당신을 좋아하고 있는 그 누군가는 그 대답에 맥이 빠졌지요. 그 사람이 지닌 사랑의 감정은 세상 그 무엇보다도 치열했으니 막연히 행복이나 바란다는 말은 그저 나무늘보가 늘 하는 잠꼬대 같은 것으로 들렸을 테니까요.

당신을 탓하려는 것은 아닙니다. 당신은 많은 사람들 속에서 잘 지내고 신중한 편에 속하는 사람이며, 어떻게든 자기 세계를 확장하려는 시도와 노력이 남다른 사람입니다.

그러니까 그런 당신 주변에 그 누군가가 있다는 겁니다. 도무지 당신에게는 이렇게라도 또 저렇게라도 마음을 내보일 수 없는 그 누군가가 당신을 위해 기도하고 있다는 말입니다.

당신은 그냥, 그 사람이 문득 떠오를 때면 아무 맥락이 없다고 생각하면서 지나치고 말 뿐 당신 세계 안에서 그 사람은 그냥 알고 지내는 사람으로만 면역되고 고착되어 있습니다.
물컵이 아무 진동이 없는데도 잠시 흔들리는 것이나, 누군가 뒤에 있는 것 같아 잠시 돌아보고 마는 것이나, 물 준 것을 잊은 지 한참이 지났는데도 가지를 뻗고 있는 아이비 화분을 마주할 때도 어쩌면 그 모든 징후들이 당신을 사랑하고 있는 그 누군가의, 힘의 작용 때문이라는 것을 당신은 여전히 모르고 있다는 겁니다.

자, 건너편 그 사람에게로 카메라를 옮겨가봅니다.

당신은 누군가를 좋아하고 있습니다.
일주일에 한 번쯤은 만나고 싶지만 그것을 참는, 그 사람을 생각할 때마다 가슴이 무지근하다 못해 통증이 느껴지는, 어쩌다 받아들게 된, 그의 글씨로 주소를 적은 메모지를 버리지 못하고 지갑 안에 넣어 가지고 다니는 당신은, 왜 그 사람을 좋아하기 시작했는지 정확히 알지 못합니다.

그 사람에게서 소라껍데기를 귀에 대면 나는, 그런 소리 같은 것이 난다고 느꼈고 참았다가 꺼내는 것 같은 느린 밀투 때문에라도 자꾸 눈빛을 들여다보게 만든 것, 단지 그것이 시작점이라고 할 수는 없을 겁니다.

태어나서 한 번도 네잎클로버를 찾아본 적이 없는 당신이 누구를 생각하면서 그걸 찾을 때나, 자신이 고집해왔던 그 어떤 생활 방식조차도 사랑하는 이 사람과 함께라면 뒤집힐 수 있겠다 싶을 때도, 당신은 그것이 당신의 사랑을 제대로 설명해줄 거라는 생각이 들지 않았던 겁니다.

고백이라는 형식도 세상에는 있지만, 고백으로는 그 순수함의 밀도와 함량을 다 설명할 수 있는 것이 아니라고 믿기에 당신은 고백하지 않는 것조차도 그 사람을 사랑하는 일이라 믿고 있는 겁니다.

새 한 마리가 하늘을 장악할 수 있다면 과연 그 면적은 어느 정도나 될까요? 정확히 백 마리가 모여야 남쪽으로 이동할 수 있는데, 아흔아홉 마리가 마지막 한 마리의 새를 기다리면서 먼 비행 준비를 하고 있다고 생각해보세요. 한 마리가 보태져 무리가 완성될 때만 하늘을 한번 출렁, 흔들어놓을 수 있을 테니 마지막 한 마리가 차지하는 배역은 무대의 전부라고 할 수 있습니다.

당신이 그 한 마리 새입니다. 한번 더, 당신 마음에 전부를 실어보세요. 그 무게로 당신 마음의 단단한 가죽이 찢어져 마음을 쏟아내게 될 겁니다. 그렇다고 흘린 것을 주워 담으려고 하지는 마세요. 저 푸르고 높은 하늘을 단숨에 가로질러 지금 얼른 그 사람에게 도착하세요.

당신에게 아무 일도
일어나지 않았다면　　　나는

　겨울 창가 모서리에는 화분에 담긴 식물의 이파리들이 갈색을 매달고 있었다. 유서를 매달고 있는 건지도 모른다는 생각이 들었을 때 지구에 역병과 함께 집단적인 우울이 찾아왔다. 어떻게 이렇게 생겨먹은 역병이 찾아와서는 국경이 문을 내리고 비행기는 날지 않는 것일까.

　봄이 오려면 한참은 남았지만 조용히 화분들을 정리했다. 푸른빛을 띤 채 일 년 내내 잘 자라고 있는 식물들은 두고, 가을 겨울이 되어 완전히 생기를 잃은 화분들에 손을 댔다. 다시 싹이 나올 것 같은 것들은 한쪽으로 미뤄두고, 흙만 담긴 빈 화분들에서 흙을 퍼내면서 내가 잘못한 것은 무엇이며 무엇을 심을 수 있을까 생각했다.

　검색창에 식물의 이름을 쳐보는 일. 책상에 앉아 있는 일이 많아졌으므로 그것은 쉽게 가능했다. 그리고 놀랐다. 식물이 집으로 배달된다는 사실과 인터넷 구매 역시도 가능하다는 사실. 어떻게 식물이 배달된다는 말일까. 시장에 가거나 화원에 가거나 농장에 가지 않고도 가능하다는 사실을 확인하기 위해 나는 식물들을 배달시켰다. 나에게 있어 식물이란 와인잔보다도 깨지기 쉽고, 사춘기 소년보다도 삐지기 쉬우며, 여름철 생선보다도 상하기 쉽고, 물자국보다도 마르기 쉬운 그것이었다. 어쩌면 누구나 마찬가지일 것이다. 작은 식물들도, 큰 식물들도 생생히 살아서 배달되었다.

호주 매화의 칼칼한 빛깔이 그리웠는지, 키우기 어렵다는 것을 알고도 집에 들였는데, 이번에도 며칠 만에 꽃도 피우지 못하고 죽어버렸다. 마치 내가 낮잠에 빠져든 사이 그 일이 진행된 것처럼 아주 짧은 순간이었다. 아, 정신을 바짝 차려야지. 나는 하루종일 집에 있으면서도 매정하게, 부주의하게 식물이나 죽이는 사람이 되어 있었다.

자주 식물 앞에 앉아 중얼거리는 사람이 되어갔다. 그러지 않고는 도무지 그 시간들을 사용할 방법을 찾지 못하는 사람이 되고 있었다. 어쩌면 미친듯이, 미쳐가고 있는 건지도 몰랐다. 수많은 사람들의 질문은 똑같았다. "요즘 다니지 못해서 어떡해요?" 똑같음으로 멀미가 났다. 그 똑같음으로 나는 더 미쳐만 갔다. 나는 체질을 바꾸는 중이라고 생각하기로 했다. 같은 말을 들어도 끄덕없게끔 굳은살이 많은 나로 살아야겠다고 애쓰기로 했다.

독일 뮌스터의 광장 시장에서 허수경 시인이 사준 꽃씨 봉지들을 찾았다. 그중에 제일 먼저 큰 화분에 뿌린 수레국화의 싹이 제일 먼저 올라왔다. 무표정에도 표정이 있다는 건 나만 아는 사실일 텐데 그 무표정 사이로 단비 내리듯 기쁨이 찾아왔다. 그 무렵부터 이야기들은 재미없었다. 마스크를 쓴 턱에 힘을 주고 모두가 괜찮다고 밀하는 것 같아서 더 싫었다.

그러던 어느 깊은 밤, 누군가의 목소리를 들었다. 흠칫, 숨을 삼켰다. 혼자 있는 작업실에 나에게 말을 걸어오는 이는 누구일까 싶어 고개를 드니 공들여서 키우기 시작한 장미조팝나무였다. 정성을 다했지만 봄이 한창인데도 어떤 기미도 보이지 않던 장미조팝나무가 자잘한 흰 꽃잎들을 일제히 펼치며 나에게 한 말은 이랬다.

"내가 너에게 잘해줄게."

살면서 눈물이 쏟아질 것 같은 순간은 있다. 계획 밖에 있다. 나에게는 슬플 때보다는 어떤 의미가 나를 흔들어줄 때 그렇다. 나는 동물이니까 잠시 울기로 했다. 누구나 미쳐가고 있는 이 마당에 내가 원하는 것은 그것인지도 몰랐다.

시인이 하는 일은 없다. 굳이 시인이 하는 일이 없더라도, 세상이 좋은 것은 (좋은) 시인이 있어서이고 세상이 좋지 않은 것은 (좋은) 시인이 없어서이기도 할 뿐, 세상에 그 누구도 시인을 기다리는 사람은 없다. 하지만 역시도 나는 식물이므로, 나를 기다린다. 내가 어느 쪽으로 이파리를 향하는지를, 내가 이 계절에는 어떤 꽃을 피울지를 기다리기로 한다. 나로 살아야겠다. 온전히 나로 행복해야겠다. 그러지 않으면 나는 원하지 않는 곳에서 원하지 않는 방향으로 살다가 죽게 될 것이다.

나도 뒤집을 줄 아는
사람이 되면 어떨까

사람을 덜 믿기로 한다. 많이 믿었으므로 어떻게든 총량을 다 사용한 것 같다. 사람이 정말로 징그러운 존재라고 한다면, 사람은 변한다는 혐의 또는 당위 때문일 것인데.

제주 작업실로 누군가 찾아왔다. 자신은 글을 쓰고 있고 책을 내고 싶다고 했다. 출판 일이란, 인생에 단 한 권쯤 가슴속 이야기를 꺼내 책으로 묶고 싶어하는 욕구를 가진 사람을 반가워하는 일. 그 일을 덩어리로 엮어내는 일.

우리는 책이 되기 위한 문장과 길이와 그 한 권에 관한 이야기를 차근차근 나눴다. 재미있는 세계를 소유한 사람이었다. 그래서 사람들이 그를 많이 좋아하는구나 싶었다. 그의 직업은 배우였다.

시간이 지나 우연히 그를 만날 일이 있었다. 나로선 그의 연락을 기다리는 입장이었으니 그 우연도 퍽 반가웠다. 글의 안부를 물었다. 무슨 소리냐고 했다. 책을 내고 싶다고 하지 않았는가 되물으니 그런 말을 한 적이 없다고 했다. 제주로 나를 찾아온 사실만 기억하고 있었다. 이상하게도 약이 올랐다. 약이 오르는 정도를 넘어 타들어갔다. '아, 그럴 수도 있겠구나' 정도로 괜찮았으면 싶은데 그게 그렇게 지나가지지 않았다. 나는 이럴 때일수록 동물이 된다.

복잡한 기분이 며칠 동안 풀리지 않았다. 어느 술자리에서 친구와 술 한 잔을 놓고 이야기를 나누다가, '아참, 이 친구, 정신과의사였지' 싶어 술김에 그 이야기를 꺼내고 말았다.

한 사람이 있는데, 배우인데, 책을 내겠다고 찾아와서는 깊고 진중한 이야기를 나눈 적이 있지 않았느냐고 원고의 안부를 물었는데, 그런 적이 없다더라. 사람이 선택적으로 기억을 지울 수도 있다지만 일 년 사이에 그럴 수가 있단 말인가. 배우라는 사실이 실감나게 그가 나를 대하는 방식은 대담했다. 그의 웃음 밑에, 살 밑에 깔린 서늘한 그것은 무엇이었을까. 그가 내가 말하고 있는 것이 사실이 아니라고 한다면 내가 하는 말이 거짓말이 되는 거였다. 거짓말 탐지기에도 표정이 있다면 나와 같을까.

이 정도까지 진술하는데 앞에 있던 친구가 그랬다.

그 사람은 다시 180도 뒤집는다.

무슨 소리냐고 되물으니, 그 사람이 돌아올 거라 말했다. 다시 와서는 책을 내겠다고 할 거라고. 나는 다시 그게 무슨 소리냐고 물을 수밖에 없었다.

"사람은 원래 그래요. 자기가 하고 싶은 일이 있고 그걸 벌이고 싶은데, 스스로를 붙들어서 말리는 거죠. 없던 것처럼 지워 없애죠.

근데 그게 스멀스멀 다시 고개를 듭니다. 분명히 다시 이 시인을 찾아올 겁니다. 그건 왜 그러냐 하면, 잘 뒤집는 사람은 다시 원래로 뒤집게 마련이에요. 그런 사람은 묘하게도 그렇게 반복해서 뒤집는 성질을 가졌어요. 제 말을 믿게 될 겁니다."

나는 그런 사람이 아니니 이해할 수 없다고 해야 할까. 하지만 사람은 참, 별게 아닐 수도 있는데 이 나이 먹도록 사람이 별거라고 믿는 내가 이상해도 한참 이상한 것이다. 사람의 처음 그대로를 믿으려 하고, 식물 대하듯 통째로 아름답게 대하려는 내 방식도 참 문제다.

하긴 나는 와인을 따서 바로 먹는 걸 싫어한다. 최소 반시간 정도 공기가 통하게 놔두고 마신다. 오륙 년 이상을 병 안에 갇혀서 한 번도 세상 공기를 맡아본 적이 없는 와인을 바로 따서 마신다면 그 맛이 이상적일 수가 없어서다. (공기와 섞이고 숨을 쉬면서 맛이 나아진다고 해야 할까. 나쁜 것은 날아가고 괜찮은 것이 남는다고 해야 할까.) 와인을 사람과 비교하고 있는 나도 한심할 뿐이지만 어떤 사람과 당장 뭔가의 감정이 시작되는 경우가 드물다는 것쯤은 이제 아는 것이다.

그 사람 이야기를 마저 하자면 결국 그 사람은 다시 나타났다. 꽤 두툼한 원고를 들고 말이다. 기절할 노릇이었다. '기껏 이러려고?' 하고 싶지도 않은 일이었다. 하지만 한 인간의 고차방정식을 풀기 위해서는 내가 얼마나 동물인지 그 체계를 알아야겠으므로 원고 따위에 관심이 없었다. 아니 사람 따위는 관심을 안 두려고 부러 화분이나 바라보았다.

그사이 나는 단지 이 문제에만 집중했다. 나도 뒤집을 줄 아는 사람이 되면 어떨까. 더이상 사랑하지 않으니 헤어지자고 했던 말을 다시금 뒤집을 수 있는 사람이라면 어떨까. 나조차 견딜 수 없을 정도로, 납득할 만한 이유 하나 없이, 동물적으로다…….

인간의 뒤집는 국면을 이야기하다보니 파리에서 한 시간 반 정도 기차를 타고 북서쪽으로 달리다보면 만나게 되는 에브뢰Évreux라는 작은 도시가 떠올랐다. 2차세계대전 당시 독일군 장교가 이곳을 좌표로 삼고 여러 대의 전투기를 몰고 폭탄을 투하하러 왔다가 너무 아름다운 성당을 내려다보고 그만 행로를 접었다는, 지극히 동물적이며 인간적 이야기…… 비릿한 이야기. 살아 있는 것은 저마다 처절한 비릿함을 품는다. 그리고 나는 한 번도 본 적 없는 그 독일군 장교의 얼굴이 보고 싶어진다. 사랑을 가진 사람은 세상 그 무엇도 차갑고 건조하게 함부로 하지 않을 것이다, 로 추측할 수 있는 이야기.

내가 사랑했던 사람들이 번복자가 되어 나를 떠날 수밖에 없었던 순간들을 되돌린다면 어떨까. 당신이라는 세계가 놓치고 만 것들을 붙잡는 것. 그것은 사람만이 할 수 있는 일이라서, 있는 힘껏 몸을 돌리고 관점을 되돌려 '그때의 나는 내가 아니었다'고 말하면서 두 팔 벌려 안을 수 있다면.

따로,
아주 멀리

철커덩 하고 기차가 멎는 소리와 진동에 눈을 떴다. 프라하에서 밤 열한시에 출발하는 밤기차를 타고 파리로 향하는 중이었다. 차창 밖 플랫폼에 걸린 시계를 보니 아침 7시 40분. 나는 눈을 비비고 프랑크푸르트 중앙역이라는 사실을 확인했다.

잠시 후 한 여자가 탔다. 가방이 꽤 무거워 보이길래 내가 들어 선반에 올려주었다. 여자가 창가에 자리를 잡았다. 나와 마주보는 좌석이었다. 창밖으로 시선을 옮겨봤지만, 역시나 창밖으로 시선을 향한 그녀와 유리창 면을 통해 자꾸 눈이 마주친다. 나는 자리에서 일어나 선반에 올려놓은 배낭에서 사과 하나를 꺼내 바지춤에 쓱쓱 문지른 다음, 반으로 쪼갠다. 그리고 사과 반쪽을 그녀에게 건넨다. 사과를 입에 녹이니 사뭇 분위기가 괜찮아진다.

이름은 안. 국적은 프랑스이며 문학을 전공하는 대학생. 문득 그녀의 눈빛이며, 말을 꺼내는 방식이며, 표정 처리가 무척이나 유럽 사람 같지 않다는 생각이다. 어색하기만 했던 공기가 편안함을 넘어, 다정함으로 충분히 뒤집힌다. 기차가 파리까지 가려면 여섯 시간 이상을 더 가야 하는데 다행인 건지 그녀 덕분에 잠이 확 달아나 버렸다. 아쉽게도 그녀가 내리는 곳은 이 기차의 종착역인 파리가 아니라는 사실 때문에라도 더 그랬다.

내가 프랑스 말로 쓴 글이 있는데 그걸 봐줄 수 있겠느냐 물었다. 그녀가 막힘없이 문법들을 고쳐주었다. 그녀의 성근 글씨, 생각하는 듯한 필체. 그리고 뭐라 표현할 수 없는 눈빛, 그런 것들.

"낭시…… 도시 이름이 조금 슬픈 것도 같죠? 사는 곳 창밖으로는 뭐가 보여요? 낭시에는 한 번도 가본 적이 없어서, 궁금해서 그래요."

아침에 새가 운다고 했고 그다음 대답은 기억나지 않는다. 그녀가 나에게 이 질문을 한 것만 기억날 뿐.

"그럼 곧 한국으로 돌아가나요?"

"일정대로라면 이틀 뒤엔 비행기를 타야 해요."

따라 내리고 싶었다. 주사위를 던진다. 그녀를 따라 이 길을 중단한다. 중단 이후는 그 어떤 것도 생각하지 않는다. 하지만 내린다 하더라도 그녀 앞에서는 거지일 수밖에 없겠지. 그것을 대신할 것이 하나도 없는.

나는 그 당시 이 년 동안 여행하는 처지라서 돈이 없어도 너무 없었다. 내가 가진 것이라곤 돌아오는 비행기 티켓 한 장. 달랑 그것뿐.

기차가 낭시역에 정차했다. 그녀가 자리에서 일어나 나에게 좋은 여행을 하라고 인사했다. 나는 벌떡 일어나 그녀의 가방을 내려주고, 그녀의 가방을 최대한 천천히 내려주고, 내린 가방을 그녀의 한 손에 쥐여주고는 등 돌리는 그녀의 뒷모습을 바라보았다. 몸을 돌려 선반에 올려놓은 내 배낭을 내려야 할지 말아야 할지, 그렇게 망설이는 동안, 기차가 서서히 움직이기 시작했다. 빈 그네가 흔들렸다.

도초도라는 이름의 섬에 수국을 보러 갔다. 수국은 물을 좋아해서 이름부터가 수국이다. 이름이 갖는 특유의 분위기처럼 풍성하게 피어난 채로 후덕하게 사람 마음을 홀리는 재주가, 수국한테는 있다. 여느 꽃들과는 달리 박수갈채를 연상시키는 풍요로움이 아이 얼굴만한 그 한 송이에 들어 있다. 하루를 지내는 시간이었지만 곧 다시 오게 될 거라는 충분한 예감 덕분에 돌아오는 길은 그리 아쉽지 않았다. 돌아오는 배를 타기 위해 선착장으로 나갔다.
표를 끊는데 내 뒤에 외국인 여자와 남자, 두 사람이 서 있었다. 그때는 도초도 섬을 뒤덮은 수국 덕분에라도 충분히 낭만적이었기에 당연히 내 눈은, 그 둘을 연인으로 알고 살폈던 것이다.

목포로 향하는 배가 도착하고, 나는 배에 오르면서 보았다. 남자와 여자가 악수하며 인사를 나누는 모습을. 그렇다면 한 사람만 떠난다는 말인가. 배에 오르는 사람은 여자였다. 남자는 항구에 남았다.

마음이 안 좋았다. 그 두 사람이 어떤 사이인지 알 수는 없다 해도 그래도 내가 바라는 그림은 그 두 사람이 배를 함께 타는 것이었다. 섬에 혼자 남는 건 더없이 그렇고 그런 일이 남는다.

배가 떠났다. 그런데 더 이상한 것은 창문 밖으로 보이는 남자는 멀어져가는 배를 오래, 그것도 하염없이 바라보고 있는데, 여자는 자리에 앉아 다른 데를 보고 있었다.

'한 번이라도 저기 창밖을 봐줄 수는 없겠냐'고 나는 여자의 어깨를 툭 치며 말하고 싶었다. 배가 속도를 내기 시작했다. 떠나는 여자와 남겨진 남자에게, 이제 멀어지는 일밖에는 남지 않았다. 나는 창에 머리를 기대고 이 배가 어쩌면 내가 알지 못하는 극단으로 흘러가고 있는지도 모른다고 생각했다.

그때 저기 저 먼, 하늘 위로 아주 작은 새 한 마리가 떠가고 있었다.

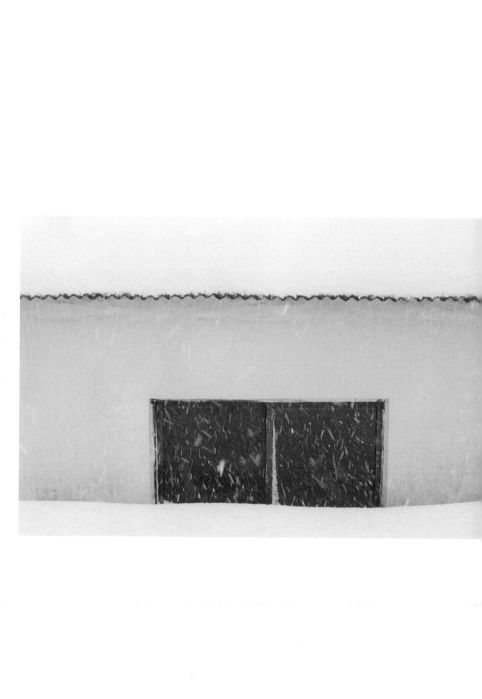

세상은 냉동칸에 든
열 칸짜리 얼음틀

어느 한 중학교 교실에서 소란이 있었다. 소란이 있었다기보다는 학생이 일방적으로 깨진 사건이다.

새 학기를 맞아 담임교사에게 제출하는 한 서류에 어느 한 학생이 엄마의 이름과 아빠의 이름을 한 글자도 틀리지 않고 똑같이 적어낸 것이다.

엄마의 이름은 박성주, 아빠의 이름은 박성주. 담임교사가 학생을 심하게 야단쳤다. 도대체 무슨 소리냐고 호통을 치면서 학생에게 꿀밤 한 대를 먹이기까지 했다. 아이는 잘못한 것이 없었다. 엄마의 이름도 그랬고, 아빠의 이름도 그랬다. 그 바람에 아이는 앞으로 적어도 자신이 잘 살 수 없을 거라는 불행을 예감했다.

어느 한 초등학교에서도 그 비슷한 일이 있었다. 자신의 집 평면도를 그려오라는 숙제에, 집의 평면도를 그려서 제출했다. 케이크 모양처럼 세모진 형태의 평면도를 받아든 선생님은 어이없어하며 아이를 다그쳤다.

"이게 말이 된단 말이니?"

하지만 아이의 집은 기다란 세모 형태였다. 아이는 자신의 집 평면도를 그리는 동안 다른 아이들이 사는 집은 동그라미 형태일 수도 있고, 다이아몬드 형태일 수도 있을 거라는 상상도 했다. 하지만 거기에 끓는 물을 붓는 선생님의 반응에 더이상 학교에 가지 않겠다고 선언했다.

세상은 냉동칸에 들어 있는 열 칸짜리 얼음틀. 냉엄하면서도 지긋지긋한 기준들은 신호등 앞에 서 있는 사람에게 아주 길고 긴 빨간불을 켜준다. 세상은 빨간불로 가득차 있어 기차는 출발할 줄 모르고 우리들은 머뭇거리며 추워한다.

자신이 본 것과 경험한 것이 아니면 모두 사실이 아닌 것이 된다. 자기가 이제껏 맡아보지 않은 향기 앞에서 말이 안 된다며 고개를 젓기도 하며, 자신과 그것이 영원히 어울릴 수 없다는데 무슨 소리냐며 부정한다.

보통의, 평균의 삶을 사는 게 누구나 원하는 일이라면, 그 또한 도달하기 쉽지 않은 기준이겠지만 정말로 인류 모두가 그 기준을 붙들고 산다면…… 우리는 그렇고 그런 사람이 되어 세상에 녹고 만다.

우리는 저 너머에 무엇이 있을 수 있음에 전혀 관심 두지 않거나 그 너머의 가능성에 대해 좀처럼 꽉 조인 벨트를 늦추지 않는다. "이렇게 될 줄 몰랐어"라는 소리를 입에 담는 일조차 나의 예정에 없는 일이라면, 나중에 모든 것이 뒤집히는 순간을 어떻게 받아들일 수 있을지. 가질 수 없는 것 앞에서 우리는 손목의 힘이나 빼고 살 수는 없나. 그러니까 말이나. 사랑으로 인생을 뒤집을 수 있다는 카드를 알고 있다면 그 카드를 쥐고 사랑에 확률을 걸자. 사랑이라는 유리 조각을 기꺼이 밟자. 사랑만이 우리를 살아 있게 하고, 사랑만이 우리를 더 나은 쪽으로 견인한다.

실수를 통해 사람은 세부적으로 가까워지고, 눈동자의 안쪽 감정을 궁금해하면서 서로가 만난다. 한 사람의 휑한 가슴 위에 누군가의 존재가 이불처럼 내려앉을 때에도, 한 번도 마음에 둔 적 없는 유형의 사람을 그저 매일 마주친다는 이유만으로도 우리는 사랑의 협곡에 도착하고 만다.

우선 음악회 티켓 두 장을 예매하고 공연날이 다가올 때까지 사람을 찾으며 기다려보겠다. 얼음틀을 창틀로 바꾸지 않으면 안 될 것 같다. 그날 객석 옆에 앉게 될 사람을 기쁘게 사랑하겠다. 누가 그 사람이 될지는 몰라도, 사람과 관련된 모험을 통해서만 행복의 가능성이 열린다는 것을 나는 누구보다도 잘 알고 있다.

신은 우리에게 가끔 한 장의 카드를 보내준다. 카드에는 단 몇 초. 그 몇 초를 잘 쓰라는 의미가 담겨 있다. 우리에게 찾아온 그 몇 초 동안, 우리가 얼마나 충실할 수 있느냐가 사랑을 하게 되느냐, 사랑을 놓치게 되느냐의 문제.

많이 외로운 것도, 많이 힘든 것도, 나의 기분이 찬물처럼 하루종일 차가운 것도…… 우리가 사랑을 하고 있느냐, 사랑을 안 하고 있느냐의 문제.

거짓의
뒷맛으로 꾸며진 콘서트

막이 오르자 사람들은 열광하기 시작했다. 이미 버스킹 영화로도 알려진 터라, 두 사람의 내한 공연은 많은 사람들의 기대를 모았다. 짧은 순간 티켓이 매진된 듯 빈자리 하나 없이 사람들로 가득찼다.

길에서 노래를 부르는 초라한 남자, 그리고 피아노를 살 수 있는 형편이 안 되어 피아노 파는 악기점에서 피아노 연습을 하는 여자. 영화는 관객에게 눈 돌릴 틈을 주지 않겠다는 듯이 전편에 촉촉한 음악을 깔아놓았다. 사람들은 그 영화 속 이야기에 온통 마음을 빼앗기고, 두 사람은 영화를 찍으면서 실제로 연인이 되었다. 두 사람이 연인이 되었다는 사실은, 영화 속으로 빠져들었던 수많은 사람들을 마치 연인인 것처럼 하나로 꽁꽁 묶어놓았다.

하지만 나는 알 수 있었다. 그날 무대 위 두 사람은 우리가 알고 있던 바대로, 혹은 세상에 알려진 바대로, 더이상 연인 사이가 아니라는 사실을.

우선은 무대 위에 오른 남자와 여자, 둘 사이가 멀어도 너무 멀었다. 둘이 눈을 마주친 경우는 한 번에서 두 번 정도. 심지어 둘이 이야기를 하는 시간이 두 번 있었는데 둘이 대화를 주고받는 순간은, 단 한 번도 없었다. 각자의 레이스만, 자신이 맡은 배역에만 충실할 뿐이었다.

무슨 일이 있었을까. 서울에 도착하고 일어난 일일까. 아니면 우리가 알 수 없는 오래전 어느 날 그 둘은 하나의 배에서 내려 각자의 배로 옮겨 탄 것일까. '가라앉는 이 배를 붙잡아달라'는 노랫말에서 여자가 질끈 눈을 감았다는 사실에서도 이미 다른 기류가 둘을 갈라놓았다는 사실을 알아챌 수 있었다.

가라앉는 배, 어긋난 두 개의 바퀴, 질식할 것만 같은 공기로 꾸며진 무대, 마개를 따놓고 마시지 않은 와인과 오래되어 말라버린 치즈, 그리고 차마 아무에게나 말할 수 없는 사실들. 그러면서도 그들은 당분간 예약된 콘서트들을 처리할 것이다.

공연장이 빈자리 하나 없이 가득찼다는 말은 거짓말이다. 내 옆자리에 앉기로 했던, 내 옆에 초대되었던 당신이 오지 않았기에 유일하게 딱 한 자리가 비어 있었다. 그것도 거의 맨 앞자리여서 무대 조명 때문에라도 그 자리는 더 크게 보였다. 그 사실 하나 때문에 공연에 집중할 수 없었다고 말한다면 그것도 거짓말이다.

그곳에서 나는 나의 약점을 관람했다. 당신이 오지 않든, 얼마나 오지 않든 그것은 단지 나의 일이라고 생각되었다.

사랑은 없다. 사랑은 원래 없었다. 사랑의 모든 '좌표'는 거기서부터 시작된다.

그리스 미코노스섬에서의 어느 추운 밤이 떠올랐다. 카페에서 처음 본 그리스 사람들과 어울리느라 숙소에 너무 늦게 들어온 것이 문제였다. 빌린 집에 히터라곤 아예 없었는데 온기를 모두 빼앗긴 건물이 오히려 나에게 온기 좀 나눠달라고 애원하는 것 같았다. '너무 추워서 썩을 수도 없겠어.' 내 입에서는 이런 말들이 계속 튀어나왔다. 가지고 있는 옷을 모두 껴입고 이불을 쓰고 누웠는데도 하나도 나아지지 않았다. 어떻게 그토록 추운 밤이 있을 수 있을까. 간이 부엌에 놓인 1구짜리 전기 열판이 보였다. 그것을 켰다.

실내 공기가 쉽게 덥혀지지 않아 그것을 침대 가까이 끌어다 놓으려는데 선마저 짧아 그마저도 쉽지 않았다. 의자를 끌어다 그 위에 열판을 올려놓고 잠을 잤다.

끌어오려 해도 끌어와지지 않는 전선 길이,
아주 조금 덥히려 해도 오히려 식고 마는 동굴 내부,
부러지지도 않았는데 계속 접히고 마는 한쪽 날개,
오지 않는 사람은 그런 것을 닮았다.

곧 흰 눈이 내릴 것이다. 흰 눈을 기다린다는 것만으로 나는 얼마간을 지탱할 수 있을 것이다. 오지 않는 사람으로 비어 있는 빈자리, 그 위에 소복소복 쌓이게 될 흰 눈.

당신이 시계를 볼 때면 시계는 늘 11시 11분을 가리키고 있다고 했다. 그런 일이 자주 있다고 했다. 나도 우연이겠지만 시계가 4시 44분을 가리키고 있을 때가 많아도 너무 많은데, 당신은 11시 11분을 보는 게 하루 두 번이지만, 내가 4시 44분을 가리키는 걸 보는 건 하루 한 번뿐일 거라고 했다. 시간에 그리도 능통하다니. 시계를 백 번씩 들여다보는 한이 있더라도 매일 그 4시 44분을 기다려야겠는 걸. 그 이야기를 하는 당신을, 당분간은 당신을 좋아해야겠다고 정했다. 공연에 같이 가자고 불쑥 당신에게 물었다. 그 말을 하고 나니 속이 부드러워졌다.

어떤 사람은 나를 춤추게 한다. 어떤 사람은 짓물러터진 나를 일어서게 한다. 나에게 미처 깨닫지 못한 것을 알려줌으로써 나를 흥분시키는 그 사람이 당신이었으면 했다.

어떤 날에 문득
그런 사람이라면

언젠가부터 하지 않게 된 것이 후회스럽지만 '누구'에게 사귀자는 말을 한 적 있었다. 아니다, 그런 말은 안 했고 돌려 돌려 말했던 것 같다. 좋아한다는 말은 돌려 돌려 말해도 가닿게 되는 것 같다. 하지만 어쩌다 누구의 확답도 못 듣고 어쩌면 나는 (약간의 엄살을 섞어 말하자면) 그렇게 지쳤으며, 그냥 다른 먼 곳으로 여행을 떠났는지도 모르겠다.

그런데 연락이 왔다. 나도 누구도, 두 사람 다 전화번호가 바뀐 상태였음에도. 서먹하지 않으려고 와인을 마실 수 있는 곳으로 약속을 잡았다. 누구는 계속 옛날이야기만 했다.

"나한테 그때, 뭐라고 했는지 알아요?" 하면서 시작한 이야기는 내가 했던, 기억나지도 않는 말들을 되풀이하고 있었다. 내가 했던 말은 이랬다고 한다.

'나랑 여행 가면 되게 좋아요. 내가 카페에서 일하고 있으면 맘껏 돌아다니다가 다시 그 자리로만 찾아오면 같이 밥 먹고, 밥 먹은 후에도 혼자 다니게 해줄 수 있어요. 미술관도 데려다주고 그 앞에 있을게요. 바닷가도 데려다주고 근처 카페에서 글 쓰고 있을게요.'

"그래서 제가 뭐라고 했냐면요. '글쎄요. 난 같이 다니는 게 여행인 것 같은데요? 가뜩이나 예민한 사람이, 여행 가서 일까지 하고 있으면 얼마나 예민해져 있을까요?'라고 했답니다."

아, 그랬구나. 누구는 안 데려다주면 아무데도 못 가는 사람인 줄 알았나보다. 근데 그때도 예민의 세포를 온몸에 달고 다녔구나. 누구는 계속해서 옛날이야기만을 이어갔다. 그래서 재미없어갔다.

왜 십 년도 넘게 만나지 않았으면서 나를 만나자고 한 것일까. 내 기준으로는 십 년 넘게 만나지 않은 사람은 무슨 일이 있어도 다시 만나면 안 된다고 생각한다. 왜냐하면 마땅히 그만한 이유가 있었으므로 만나지 않은 거였다. 갑자기 보고 싶은 것이 단지 그 보잘것없는 이유라면 십 년 동안 보고 싶어하지 않았다는 사실은 그 얼마나 관계에 힘이 빠져 있었음을 증명하는 일인가. 그 어떤 공기조차 남아 있지 않은 상태다. 십 년 동안 아무것도 하지 않았으면서 뭘 돌이키려고 시간을 들이겠다는 걸까. 갑자기.

아마도 나로서는 그때 원하는 대답을 듣지 못했다는 서운함 같은 게 있었으니, 약속 자리에 나오면서도 탐탁지 않았던 건 어쩌면 당연하면서도 동시에 한심한 태도였을까.

나는 계속해서 이야기를 듣는 척 마는 척하면서, 갑자기 불쑥 떠오른 기억 하나에 진입해 들어갔다. 당신의 그 한마디가 기억난 것이다. 내가 '누구'에게 들은 말 중에 거의 유일하게 기억하는 건 이 한마디. 줄렁이는 내 마음의 바다에 난호히 씌었은 그 밀.

"왜 하필 나예요?"

하필이라니. 하필, 하필이라는 말을 쓰다니. 사람이 사람을 좋아하는 감정에 하필이란 말은 얼마나 억울한 기습인가. 왜 저리 성격이 와글와글해서, 왜 저리 성격이 밝아서 박자를 못 맞추는 걸까 싶었던. 네가지와 싸가지의 중간쯤 되는 그런 발언을. 그러니까 어쩌면 나는 누구에게 아주 적당하지 않다는 이유로 거부당한 것이다. 하지만 또 적당하다는 기준이라는 건 사랑이란 그릇 앞에서 얼마나 인색한 분량일까.

그후로 나는 싸늘해졌다. 누가 왜 싸늘해진 거냐 묻기에 말했다. "길을 잃었다고 생각했는데 정확히는 길을 잘못 들었던 거예요⋯⋯." 그게 마지막 남긴 말이었으리라.

아침에는 이문재 시인이 전화로 불쑥 이런 말을 했다.

"병률아, 사랑의 다른 말은 약속이야. 어떤 식으로든 깨지거든."

옆집 감나무에 비가 내리는 창밖 풍경을 내다보면서 사랑이 약속이라면, 사랑이 깨져버리기 쉬운 거라면 사람들은 무엇 때문에 자신의 전부를 거는 걸까 생각했다.

실제로 사랑은 많은 약속으로 구성되어 있다. 자존심을 내세워서 감정을 그르치지 않는 것, 싫어하는 것을 나누지 않는 것, 거짓말 따위로 자신을 가리려 하지 않는 것. 쓸쓸하지만 그 약속을 잊는 것이 아니라, 고의적으로 잃어버리고 마는 형태가 사랑의 끝이다. 세상모든 사랑의 끝에 대해 생각하면서, 결국은 불일치하고 마는 사랑이라는 생명체의 운명을 누구도 어쩔 수 없음에 대해서도 생각한다.

한 사람이 혼자서 하는 게 사랑은 아니기에, 한 사람이 할 수 있다 하더라도 그건 사랑이 아니기에, 우리는 사랑하다가도 어긋나고, 이어보려 해도 고스란히 해진 자국을 남긴다.

비가 온다고 그날을 망치는 것도 아니고, 화창하다고 해서 온 마음이 개는 것도 아니지만, 계속해서 날씨와 계절과 상관있게 사는…… 날씨를 핑계로 산 꽃다발이 가닿는 누구라든가, 바람이 불어서 누군가를 만나야 할 것 같은 감정을 가진 사람으로 살고 싶다.

그래서 어떤 날에는 문득 이렇게 묻고 싶은 사람을 만나고 싶다.
"……무슨 생각해요?"
그 말에는 온도가 거의 없는 것 같지만, 없다고만은 할 수 없는, 상대방을 향한 감정의 영향권 아래서만 불쑥 꺼낼 수 있는 말. 이 말을 시작으로 서로가 찬바람 맞은 것처럼 코끝이 찡해질 수 있다면…… 그럴 수 있다면…….

왜 하필
나를 좋아하죠

○

만난 지 얼마 되지 않았을 때 내가 말한다.

"거짓말 같은 거 안 하는 사이가 됐으면 좋겠어요. 나도 모르게 거짓말한 거 있으면 내가 천천히 말해줄게요."

거짓말도 한번 할 때는 옷을 껴입는 느낌이 들지만 하면 할수록 옷을 벗는 느낌이 강하다. 중독적이다. 그러자 그쪽이 말한다.

"아뇨. 내가 못 느꼈으면 거짓말한 게 없는 거잖아요."

○

반지라는 거, 참 희한해. 끼게 되면 마음이 편해진단 말이야.

○

벨기에 겐트에서는 아기가 태어날 때마다 가로등 불빛이 깜빡거린대. 그 얘기 듣고 맥주 마시다가 울컥했네. 마침 불빛이 깜빡거리고 또 깜빡거려서.

○

사랑의 절반은 실수이고, 나머지 절반은 과장이다. 실수라는 건 매 순간 끼어드는 잘못된 판단에 따른 행동을 이야기하는데, 그 행동 사이사이에는 묘하도록 맞지 않음으로 생긴 삐걱거림이 배치되어 있다. 과장이라 함은 미치지 않고는 성립될 수 없고 미치지 않고는 이어갈 수 없는 억지스러움을 이야기한다. 그럴 때, 남들이 사랑하는 두 사람을 볼 때는 실제보다 더 과장되어 보인다.

그렇다고 그 사랑의 이면에 찬란한 결과가 기다리고 있는 것은 아니다. 그다음에는 헤어짐이 온다. 실제로 프랑스 사람들에게 있어 결혼이란 철저히 이별을 각오하거나 전제로 한다.

○

모든 사람은 이중적이다. 하나일 리가 없다. 자신이 모르는 사이에 다중적인 사람이 되기도 하지만 현대인들은 자신을 포장하기 위해서 다중으로 사는 방식을 많이 채택한다. 나는 사중이다.

○

후배와 사나흘 여행 일정을 같이하게 됐다. 이탈리아 나폴리 근처 어디쯤이었던 것 같다. 맘에 드는 사람이 있다고 호들갑을 떠는 후배에게, 온통 우연히 만난 한 여자에 대한 이야기로 거품을 무는 후배에게 말했다.

— 그녀에게 편지를 쓰거라.

난 자주 그 후배에게 이런 식으로 말했다. "난 경치를 즐길 테니 너는 장을 보거라"라든가 "난 숙소에 있을 테니 너는 나가거라" 식으로. 한석봉의 어머니가 한밤중에 불을 끄며 한 말 "나는 떡을 썰 테니 너는 글씨를 쓰거라"에서 가져온 나만의 허접한 유머다.

후배가 물었다.

— 이탈리아 말로? 난 영어로도 못 쓰는데.

— 그녀가 그걸 읽고 싶은 마음이 있다면 어떻게든 읽는단다. 주변 사람들을 수소문해서 한국 사람을 찾아낸다든지, 하다못해 SNS에 올려 "누가 좀 해석해주세요"라고 할 수도 있고…… 그리고 그런 건 해석하지 않아도 문장이 영상처럼 와닿는 법이야.

그리고 나는 다시 말했다.

— 우리가 좋아하는 신형철 평론가가 우아하게 어느 책에 썼잖아. '우리는 특정한 조건 속에 던져질 때 필연적으로 사랑에 빠질 수 있다'고. '사랑하는 데 언어가 뭐가 필요해?'라는 말보다, 오히려 말이 안 통한다는 점 덕분에 사랑에 빠지기도 하는 거지.

"왜 하필 나를 좋아하죠?" 같은, 말도 안 되는 제스처가 돌아오지 않는다면 후배가 쓴 편지는 통할 것이었다.

○

파리에 사는 선배가 집 정리를 하면서 동시에 공사를 시작하게 되어 물건을 버리기 시작했다. 같이 살았던 사람이 쓰지 않는 물건들은 그 양이 어마어마해서 버리는 일에만 며칠이 걸렸다. 어느 날, 우편함에 편지 한 통이 도착해 있었다. 주소도 없고 소인이 찍히지 않은 채 '401호에 사는 주인에게'라고만 적힌 편지였다.

"당신이 버리는 것들이 마음에 들어서요. 더 버릴 것들이 있다면 나에게 연락주세요."

그 사람은 계속해서 물건을 버리고 있는 사람을 수소문한 다음 우편함에 편지를 남긴 것이다. 버리는 것들이 마음에 들다니. 선배는 편지 끝에 적힌 전화번호를 오래 쳐다보았다.

○

아주 오래전 '사귄다'는 말은 요즘처럼 연애 관계에 쓰이는 말이기보다는 우정 또는 교류를 대신하는 말이었다. 우리가 '교차점'이라고 쓰는 말을 북한에서는 '사귐점'으로 쓴다니 고개가 끄덕여진다.

○

윤두열의 산문집 『그때 나는 혼자였고 누군가의 인사가 그리웠으니까』에는 이런 글이 나온다.

'사람은 살면서 이백 가지 소원을 빌어요. 근데 있죠. 이루어지는 건 삼백 가지래요. 누군가 나를 위해 빌어주는 소원도 있어서요.'

거참 대단하지 않은가. 누군가 나를 위해 몰래 빌어주는데 그 소원이 내 몫으로 이루어진다는 건.

나도 당신을 갖게 해달라고 빈 적 있다. 이것은 이백 가지 소원의 영역 안에서였다.

당신이 나를 사랑하게 해달라고 빌라고, 당신에게 소원한 적 있다. 이것은 백 가지 소원하고 맞바꿀 수 있는 단 하나의 소원이었다.

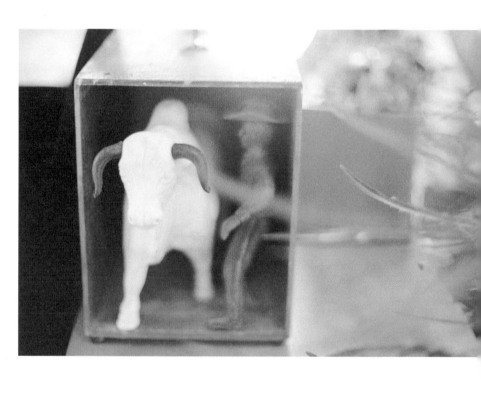

든든히 나를
오래 지켜줄 것 같은 사람

여행에서 돌아온 내가 여행중에 본 풍경에 대해 얘기하면 그 사람은 빙긋이 웃어줍니다. 그게 나는 좋습니다. 관심이면 된다고 생각했거든요. 처음엔 멀리서 나를, 넌지시 건너봐주는 것만도 좋았습니다. 사소한 관심으로부터 배제되었다는 사실은, 우리를 아무것도 아닌 사람으로 만들어버리곤 하니까요.

그 사람은 거기까진 알지 못할 겁니다. 그 풍경을 봤을 때, 그 사람을 조금 생각했다는 걸 말입니다. 언젠가 더 멋진 풍경 앞에 섰을 땐 그 사람과 함께라면 좋겠다는 생각도 잠시 했었는데…….

우리는 별일 없이 지나갈 겁니다.

밥을 먹는다 해도, 혹여 술을 마시더라도 앞으로의 아무 일도 이야기하지 않을 것이며, 그저 호숫가 주변만을 맴돌며 풀을 뜯는 양들처럼, 양들의 머리 위로 흘러가는 흰구름들처럼 그렇게 지나쳐갈 겁니다. 아무것도 없는 데서 우리가 왔듯이 아무것도 없는 곳으로 흘러갈 겁니다.

여러 사람들이 모여 내가 이야기를 할 때 그 사람은 몸을 돌려 열심히 들어준다거나, 나와 눈을 맞추며 웃어줍니다.

하지만 별일은 없을 겁니다. 파도가 파도의 자리를 지워내듯이, 도시의 밤 불빛이 별빛들을 가리듯이, 그리고 그 모든 것들이 꽁꽁 얼어버려 아무도 눈길을 주지 않듯이 그렇게 지나갈 겁니다.

억새를 좋아합니다. 단풍 다음에 피는 억새라 단풍 때문에 빨개진 눈을 식히기에 그보다 더한 건 없을 겁니다. 그래서 맘이 맞는 친구가 생기면 꼭 같이 가봐야 하는 곳도, 꼭 그러고 싶은 곳도 내겐, 억새가 펼쳐진 그곳입니다. 혼자가 아니어도 된다면 그 사람에게도 같이 가겠냐고 물을 수 있으면 좋겠습니다.

우연히 제주의 억새밭에 갔다가 드라마의 한 장면을 상상했습니다. 어떤 오해 때문에 긴 시간을 헤어졌던 남자와 여자가 억새밭을 배경으로 우연히 다시 만나는 장면을 촬영하는 겁니다.

그때 구씨를 닮은 남자 배우의 대사는 이렇습니다.

"혼자 있고 싶다더니…… 혼자 있으니까 좋았어?"

아마 시간을 두고 거리를 두고 지낸 사이 같았습니다. 그때 염미정을 닮은 여자 배우는 이렇게 대답합니다.

"혼자라서…… 힘들었어…….''

그리고는 남자에게 이렇게 말합니다.

"나 내일 결혼해."

남자는 묻죠.

"누구랑?"

여자는 대답합니다.

"나를 든든히 오래 지켜줄 것 같은 사람이랑."

남자는 말합니다.

"아무리 생각해도 그 사람, 나 같은데. 내일 시간 맞춰 갈게."

그때 가을바람이 한 올 한 올 억새의 긴 잎 사이를 빗어줍니다.

만약 그 드라마를 쓰게 된다면 그 이유는, 혼자여서 힘들었다는 말을 할 수 있는 사람이 쌓아왔던 퇴적층을 존중하기 때문일 겁니다. 그 말을 할 수 있는 사람이라면 그 복잡한 안간힘 때문에라도 억새 들판은 아름다울 겁니다.

누구는 또 그럽니다. 억새를 좋아하는 사람은 사랑을 할 수 없다고. 일 년 가운데 맨 마지막에 피는 쓸쓸한 꽃이라 그만큼 사람을 고독하게 한다고요. 그런가요. 동백도 좋아하는데.

설령 내가 화려하고 완벽한 장미 다발을 좋아한다고 해도 나한테 그 사람은, 영 어려울 겁니다.

의자가 되고 싶었지만 의자에는 나만 앉을 수 있습니다. 의미가 되었지만 의미는 나에게서만 조용히 소용돌이칩니다. 하지만 누군가가 툭 치면서 나를 건드려온다면…… 나에게 뚜벅뚜벅 다가와 "잘 지내고 있었나요?" 하고 묻는 사람이 그 사람이라면 드라마 대사처럼 쏟아내듯 난 이렇게 말할 겁니다.

"혼자라서 힘들었습니다……"라고 말하면서 "그래서 나, 내일 무조건 결혼해요"라고 말입니다. 그때 그곳이 북해도의 니세코로 향하는 설국열차 안이라면 좋겠습니다.

당신 집에는
언제   갈까요

사랑을 가능하게 하는 지점에 연민이 있을 수 있다는 걸 이제 알
았습니다.

사랑은 이로운 것을 바라지 않습니다.

또 알았습니다.

넓은 헌신 없이는 사랑에 닿지 못한다는 것을요.

연민으로 내가 달라지는 것이고, 헌신 없이는 내 달라짐을 이어갈

수 없는……

역시도 이로운 것과는 상관이 없는 사랑, 이걸 말하려 합니다.

당신 집에는 언제 가야 할까요?

그걸 알려주세요.

시간은 맞추도록 하겠습니다.

모두가 여기에
있다

지금이 천국이다
간절히 원했으므로

여기가 바다다
자신도 모르게 흘러왔으므로

그 사람이 이 사람이다
나를 맞으러 그곳에 나와 있었으므로

그
사랑

> 우리는 당황스럽거나 실망하거나 다루기 까다로울지 모른다는 이유로 잘 모르는 것을 선택하려고 하지 않는다. 그러나 당황과 실망을 안겨주는 그 모든 것들이야말로 우리의 경험을 가장 풍요롭게 만들어준다.
>
> — 앤 모로 린드버그, 『바다의 선물』

먼 여행길에서 만난 낯선 사람이 자기네 집에 가보자고 한다. 집 마당에 포도가 주렁주렁 익고 있으며 어머니가 귀한 차를 내줄 거라고 한다. 이 사람을 따라가야 할지 말아야 할지 우리는 대부분 고민하게 될 것이다. 두려움도 분명 중요한 감정이다. 두려움과는 분명 다른 감정이지만 나는 여행지에 가져가야 할 것들 중에는 결핍과 불안, 이 두 가지 준비물이 중요하다고 믿는 편이다. 바싹 마른 습자지처럼 무한대로 빨아들일 수 있는 상태라면 어떻게든 그 여행을 풍성하게 만들어주곤 하니까.

사랑은 마른 상태다.

언제 한번은 우크라이나 여행중에 폭설을 만났는데 낯선 이가 다음 도시까지 데려다주겠다는 말에 차를 타고 눈길을 달렸다. 그러다 눈길에 미끄러진 차가 길이 아닌 곳에 빨려들어가고 말았다. 그가 나에게 차에서 내리라고 하더니 "봄이 오고 눈이 녹으면 차를 찾으러 오면 됩니다"라고 말했다. 도대체 그런 건 어디서 배우는 걸까. 그와 함께 한 시간 넘게 걸어 눈길을 빠져나왔던 기억이 있다. 여러 대의 차가 우리 옆으로 지나갔지만 차를 세워 얻어 탈 생각도 하지 않던 사람. 평범하지만 귀한 메시지를 얻었다고 생각하는 건 그의 몸에 밴 절도 때문이었다. 안 좋은 일 앞에서 조금도 난처해하지 않는 거침없는 박력을 봤다고 해야 할까.

사랑도 절도다.

스리랑카를 여행할 때였다. 여행자라서 예매를 하지 못해 기차나 버스에서 서서 가는 일이 많았다. 기차는 좀 나았지만 버스 같은 경우는 길이 좋지 않아 몇 시간 서서 가는 일은 고될 게 뻔했다. 그럴 때마다 선뜻 자리를 내주는 사람들이 있었다. 나는 극구 사양했지만 결국에는 매번 편히 앉아 가면서, 먼 타국에서 온 여행자들에 대한 대접이 남다른 나라구나 감탄만 했다.

내가 원하는 곳까지 편하게 앉아 가면서 한가롭게 창밖의 초록을 내다보는 일은 몇 번이고 행복했다. 그런데 창밖으로만 눈길을 가져가느라 차 안의 사성은 선혀 몰랐던 것이다. 사람들은 한동안 앉아

가다가도 어느 정도 시간이 지나면 앞에 서 있는 누군가에게 자리를 양보했다. 그들의 배턴터치에는 사양하는 일도 없고 그에 따르는 큰 인사도 없었다. 적당한 때가 되면 앉아 있는 사람이 서 있는 사람과 자리를 바꾸는 것이 스리랑카 사람들이 유연하게 지키는 그것이었던 것이다.

사랑은 역할의 교체다.

나는
돌려 말하지 않을 겁니다

두 사람 중에 누가 좋으냐고 묻습니다. 한 사람은 목소리가 좋고 한 사람은 대화하는 데 있어 재능이 많다고 합니다. 잠시 생각합니다. 둘 중 하나만 선택해야 하는 문제라면 역시도 머뭇거릴 겁니다. 대화하는 재주가 좋다니 선뜻 한번 만나보고 싶은 마음이 들면서 이 사람이 목소리도 좋았으면 좋겠다고 희망해보게 될 겁니다. 사람에게 끌리자면 엄밀하게는 생물학적인 부분도 꽤 중요하니까요.

SNS 프로필 문구가 지적^{知的}이다 못해 슬픔을 유발한다든지, 특유의 예민함으로 주변을 잘 읽어낼 것 같은 사람이라든지, 말을 붙이면 툭 하고 주머니가 터지고 그 주머니 안에서 아주 낯선 것들이 쏟아져나올 것 같다든지…… 나는 그런 사람에게 무작정 이끌립니다.

요즘 일이 힘들었는지 이 프로젝트가 잘 끝나면 한번 안아달라는 문자를 보내는 사람의 그것을, 다정한 주제들을 좋아하는 편입니다, 라는 말을 고백하듯 하는 사람에게, 끌리지 않을 수 없고 빨려들지 않을 수 없다는 사실을 나는 인정합니다.

누군가를 만나기 시작할 때 나는 이렇게 묻습니다. 동물원에 갈까요, 식물원에 갈까요? 갈 것도 아니면서 그냥 묻는 소리에 몇 번 대답 대신 피식하는 소리를 들은 적이 있습니다. 동물성인지 식물성인지를 묻는 질문 같아서였을까요, 아니면 고작 자신과 함께 간다는 곳이 그런 곳이어서였을까요. 별 뜻은 없었습니다. 동물원의 공기든, 식물원의 바람이든, 두 사람이 함께 걸으며 이야기할 수 있는 곳이라면 사막이어도 동굴 속이어도 좋을 것만 같기 때문입니다.

가슴을 중시하는 사람인가, 현실을 중시하는 사람인가에 따라 찾아가는 여행지도 다를 겁니다. 자연을 좋아하는 사람인지, 문명을 좋아하는 사람인지, 혼자 가는 여행을 좋아하는지, 혼자서 하는 여행은 절대 못할 것 같다며 뒷걸음질하는 편인지도 알아둬야 할 겁니다.

한 사람은 긍정이 많은 사람이었습니다. 그런데 그 긍정이 숨이 막히는 겁니다. 긍정이 넘치면 그 끝에는 가짜 혹은 허구인 것만 같은 세상이 펼쳐져 있었습니다.
또 한 사람은 평화가 중요한 사람이었습니다. 지상의 유일한 가치인 그 사람의 평화는 모든 것을 녹였으며 많은 것을 줄였습니다. 그 평화는 미래와 이상까지 뻗쳐 있었기에 옆에 있는 나 같은 사람은 숨이 막혔습니다.
거의 태어날 때부터 그렇게 생겨먹은 사람들. 악의는 1도 없으나 그렇다고 나란히 그것을 믿고, 그것을 모든 것이라고 하기엔 두렵고 막막했던 겁니다.

하지만 사랑을 시작하기도 전에 이별을 하는 사람은 자주, 그리고 자꾸 과거의 한 장면을 계속해서 곱씹기 때문입니다. 나는 여행이라는 아주 큰 병에, 아주 큰 병에 걸렸었는데, 그 병은 인생에 있어 단한 번도 내가 원하는 대답을 듣지 못한 데서 비롯되었습니다. 물론 사랑에 대한 대답이 주범이었습니다. 나를 사랑하지 않는 사람만 골라서 사랑을 하는 편이네요. 그러고 보면 정말. 그것은 지나가는 일쯤으로 여기기엔 오래 남을 뒷맛이었으며 동시에 나라는 존재 자체가 바닥에 깔려 납작해질 대로 납작해져버린 패배이자 상실이었습니다. 물론 한 사람은 예외였는데 그 사람은 아예 지워버렸으니 나 또한 그 사람에게서 지워졌을 것입니다.

그 병은 역시도 미래와 관련되어 있었습니다. 과연 우리가 미래를 기억할 수 있을까요. 그런데 그 병은 미래에 생겨날 감정과 미래에 눌러앉게 될 어떤 장소를 구체적으로 기억하게 합니다. 불가능의 개체수를 지속적으로 만들어내는 병이므로. 불가능을 깨려고 하면 할수록 흉해지고 안쓰러워집니다. 거액의 복권에 당첨된다고 해서 당장 우리가 엄청난 사랑을 시작할 수 있는 것이 아니라는 사실을 알려주듯 말입니다.

새로운 세계로부터 나는 지워지고, 오래된 세계 속으로 퇴보하는 것이 여정이라는 듯, 나에게 미래는 일말의 주저함도 흔들림도 없이 선명히 각인되고 맙니다. 나는 미래에도 망할 겁니다. 올라가봤자 별수 없다는데도 끝까지 올라간 사다리의 마지막 계단에서 말입니다.

나는 사랑을 기다리는 편에 속하는 사람입니다. 이 또한 지구에 사는 사람들이 표면적이면서도 단순하게 외로워하는 일과 다르지 않을 뿐입니다. 그것만으로도 사람들은 충분히 아파하고 있는 것입니다. 이번 세기에는 나도 또 누군가도 사랑에 있어서만큼은 이렇다 할 별 진척을 보이지 못할 겁니다.

누군가 내 사랑의 방식에 대해 뭐라고 한다면, 나는 돌려 말하지 않을 겁니다.

사랑을 하다가도 내가 불쑥 떠나기로 마음먹었다고 해서 사랑이 아니라고 하지 말아주세요. 숨이 막힐 것 같을 땐, 창을 열고 밖을 오래 바라보거나 비가 왔음 좋겠다고 바라거나, 눈이 오고 있는데도 눈이 왔음 좋겠다고 생각하는 것처럼 다른 먼 곳으로 자주 이사를 가는 것입니다. 그렇게라도 사랑이 아니었다고 하지 마십시오.

난 믿음이라는 걸 좋은 약이 될 수 있다고 생각하는 사람입니다. 변덕스러운 내 안에 좀더 머물면서 그렇게 나를 조금만 더 믿어보려는 것뿐입니다.

같이   할 수 없고
         나눌 수도 없는

○

내가 사랑을 못하는 이유는 지랄맞아서이기도 하지만 그럼에도 사랑을 한다. 그런데 사랑을 하는 기간이 너무 짧다.

거짓말을 잘 들여다본다거나, 너무 자주 혼자 있고 싶어한다거나, 약속을 하늘같이 알아서 한번 지나간 말도 지키려 하니 상대방이 힘들 것이고, 여행도 혼자 가야 갔다 온 것같이 여기니 남아 있는 사람은 얼마나 그럴 것인가.

나는, 사랑을 하지 않는다면 무엇을 할 수 있을까. 비워놓은 상태를 좋아하니 잠시 비워내자 하고는 비워놓지만, 그 비어서 충분한 것만 빼면 얼마나 차갑고 외로운 시간들인가.

○

사랑할 때 할 수 없는 것 :

인스턴트 음식, 돌려 말하기, 취하는 것, 참는 것, 늦은 밤 헤어지는 거, 언쟁.

싫어하는 것들을 적다보니 언뜻 생각나는 반대의 것들이 가관이다.

151

사랑할 때 하는 것 :

김밥, 성냥과 술로 도움 받기, 다정한 일로 기분 상승시키기, 새
로운 사람들 포함 친구들 만나는 일을 평소처럼 하기, 요리해서 먹
이기, 혼자 있는 시간도 중요하다는 걸 아는 것. 애써 일정들을 비워
놓고 차갑고 외로운 시간을 즐기기.

둘이 거의 만만한 높이로 그래프를 만들어가는 형국이라 뭐라도
가능하지 않은 형태다. 그렇다고 컬링 경기처럼 스톤이 향하는 방향
을 따라 얼음 바닥을 뼈빠지게 빗자루질 해놓을 수 없는 일이다.

O

사랑은 '너의 미친 짓으로 내가 얼마나 최고인지를 보여봐'의 상태
를 그린 건축 도면으로부터 출발한 집이다. 그것의 정도가 나에게만
보인다거나 또 나만 최고인 상태를 알아서는 안 된다. 사랑은, 누군
가를 사랑하고 있는 내 모습에 혼자 반해서 나 혼자 결승 지점에 도
착하려는 듯 날뛰는 일은 아닌 거다.

나의 미친 짓과 미친 상태를 다 보인 상대라 하더라도 안 되는 것
은 안 되고 마는 것. 사랑에 펄펄 달려들지만 달려드는 것으로 다는
아닌 것, 굳이 아닌 이유를 대자면 공기의 과잉인 것.

O

후회를 할 것 같아서 하지 않은 일들 앞에서 후회한 적이 많아서,
후회하지 않는 유전자를 배양시킴. 그후 배양에 성공하였고 후회하

지 않음. 절대 후회하지 않음. 이 얘길 왜 하냐면, 후회할 줄 아는 사람이 사랑도 잘한다는 생각.

○

"영화 볼 때, 손 안 잡아도 돼."

당신과 함께 영화를 세 번쯤 봤을 때였나. 극장에서 나오면서 대뜸 그런다. 이유는 내가 영화에 집중하지 못할까봐서란다.

내가 아니라고, 괜찮다고 해도 당신은 말한다.

"나도 누가 옆에만 있어도 집중 못해서 놓칠 때가 많은데……."

이때 내가 한 말은 조금 멋있는 말이었어야 하는데 고작 이 말이었다.

"아, 어. 그럼 그럴까?"

영화를 보러 갔다면 사랑은 영화가 끝난 다음에 하는 것. 그게 맞는 것.

당신이 행복하다는
소식을 들었습니다

사랑 때문에 사랑이 망하는 수도 있습니다. 사실 사랑을 살리는 것은 사랑의 위대한 힘 때문이지만, 사랑이 죽는 것은 사랑의 균형 때문일 때가 많습니다. 사랑은 얄궂게도 상대를 가져야 한다는 속성이 있어서예요.

사랑하는 일. 있는 그대로 한 사람을 사랑하기란 얼마나 어려운 일인가요. 굳이 사랑을 내 것으로 만들어야 하고, 내 마음 위주로만 상대를 당겨야 했던 날들은 우리에게 상실의 고통을 안겨줍니다. 그렇지만 그게 다가 아닌 것. 사랑의 힘은 무엇도 될 수 있게 하고 그 무엇도 가능하게 했습니다. 창문 유리에 내려앉은 빗물, 초록을 뒤집어쓰기 시작한 앙상한 나뭇가지, 삶의 에너지로 내려앉는 햇살…… 이 평범한 것들도 사랑으로 인해 짙은 감흥으로 다가올 뿐만 아니라 다시 태어난 것만 같은 환각도 가능하게 해요.

나같이 사랑이 많은 사람을 만나면 안 돼요. 사랑이 많고 넘치는 것은 명백히 꾸짖을 일이지만, 나와는 반대로 당신에게 사랑이 없다면 그런 당신을 만나지 않겠다는 말과는 또 다릅니다.

당신을 처음 만나고,

마침 나에게도 어느 날부턴가 몸속에 나비 한 마리가 날아와 앉은 느낌. 아니, 나비보다는 크고 날갯짓도 더 커서 새라고밖에는 부를 수 없는 감정이 심장 한가운데 앉아 있습니다. 먹이를 주는 것도 아니고 따로 새장을 만들어주는 것도 아닌데 그렇게 얼마간을 퍼드덕거리고, 노래하고, 심장을 쪼아대기까지 합니다. 그렇다면 다시 뭐라 부를까요. 이 새 한 마리를요.

하지만 이 존재 덕분에 힘이 납니다. 이 존재에 맥없이 기대게도 됩니다. 이것이 바로 사람의 일입니다. 인연을 끌어들이지 않고는 살 수 없는, 어쩔 수 없는 일.

아주 조용한, 불빛이 드문 곳에 서서 밤하늘을 올려다보고 있으면 조금은 알 것 같은 기운들이 몰아칩니다. 너무 모르고 살았거든요. 그리고 잊고도 살았습니다. 아주 중요한 것들을요.

별이 흐르는 길을 따라 줄을 그어 이렇게도 이어보고 저렇게도 더듬어 찾아봅니다.

호젓하고 먼 곳이라면 더할 나위 없이 완벽할 것입니다. 그 휘황찬란한 밤하늘의 문장들을 따라 읽다보면 우리의 사소함들이 얼마나 별것 아닌지, 우리가 살아 있다는 것이 얼마나 찬란한 일인지 알게 돼요. 이렇게 중얼거리면서 말이지요.

그래도 된다면 다 사랑하리라.

그런 후에 그래도 된다면 다 잊으리라.

그 우주에 띄워놓은 무량대수의 별들을 두 손에 떠다가 바치고 싶었지요. 찬바람이 불기 시작하면 찬바람이 저 별을 다 가져가기 전에 당신을 더 사랑하겠다고 다짐했었는데요.

인연은 단단하고 따뜻한 것일 수만은 없겠지요. 그 과육은 쉽게 상하고 터져서 진물이 흐르기도 하고 까져야 할 껍질은 더 부풀기만 할 뿐 까지지도 않습니다. 그 오묘함 앞에서 우리는 기쁨 대신 눈물을 쏟기도 하는 것이겠지요. 그러나 인연이 아니라면 어찌 어떻게 사람이라는 별에다 싹을 틔울 수 있으며, 짧지 않은 시간 동안 어찌 서로에게 묶일 수 있단 말인가요. 다르게 살아온 것이 분명한데 어떻게 두 사람이 하나로 묶일 수 있단 말인가요.

우리는 인연인 것에 갉아먹히기도 하지만, 그렇더라도 우리는 분명 인연인 것으로부터 '테' 하나를 더 얻고 맙니다. 이것만은 진실이에요. 투명하면서도 완벽한 진실.

'만약에' 말입니다. 우리가 이번 생에 꽃으로 태어났는데 꽃을 피우지 못하고 사라진다면 말입니다. 꽃으로 태어났다고 할 수도 없을 것이고, 망한 인생이나 다름없을 텐데 말이죠. 꽃으로 인사하고, 꽃으로 서로의 존재를 알아봐야 하는데 꽃으로 피지 못한다면 이번 생에 제대로 온 거라고 할 수 없는 건 아닌지요.

일생에 단 한 번, 꽃으로 피어나기 위해 우리는 이토록 살고 있는지도 모릅니다. 그 꽃은 어떤 행복이기도 하며, 어떤 성공이기도 할 것이고, 어떤 깨우침이기도 할 것인데 그렇다면 인생의 마지막에 그

꽃을 피웠노라고 말할 자는 누군가요. 짧게 열흘을 피었다 지는 것이 꽃이라면 그 꽃의 생애 앞에서 의연할 사람은 누군가요. (사실 '만약에'라는 말은 제일 싫어하는 말입니다. 사랑 앞에서 몇 번 사용한 적이 있는 말이어서 그렇고, 그후에는 '만약'이라는 가정대로 돼버린 적이 있어서 그렇답니다.)

사랑이란 참 쓸데없는 것 같지만, 사람을 살아 있게 한다는 면에서 마법, 그 이상의 힘을 포함합니다. 인간이 회귀해야 할 발원지이며, 절대적인 본질이고, 우주의 단 하나의 점인 나를 이루는 뼈대입니다.

한데 그렇게나 머뭇거리는 것. 그 기미를 멀리하려는 것. 자기가 손수 지은 집에만 들어가고 밖에는 나오려 하질 않거나, 심지어 사랑을 조심하려는 것이 우리들 사랑이지요. 그치만 사랑은 전 생애를 걸고 생애 자체를 증발시켜버리는 애틋함 그 자체라서 여릴 수밖에요.

그러니 사랑은 차라리 꽃입니다. 사랑의 순간과 사랑의 절정과 사랑의 소멸, 이 모두가 한 송이입니다. 그 꽃의 향기는 사람을 미치게 하는 힘이 있다는 것만으로 당신에게 필요합니다. 그러니 사랑으로 무엇을 할 수 있을 거라고 기대하자요. 꽃이 전 생애를 걸고 피어나듯 당신도 이제 꽃처럼 피어나자요. 아직껏 사랑할 수 없었다면, 사랑할 수 있을 때까지 그 꽃에 집중하자요.

대부분의 사람은 사랑을 하고, 대부분의 사람은 사랑을 잃고, 대부분의 사람은 사랑을 기억하겠지만 사랑을 기억하는 편이 제일 나을 겁니다. 살아갈 힘을 남기자면 그것입니다.

사랑이 끝나고 난 후,

스페인 사람이나 유대인은 자신의 이야기에 집중해달라는 뜻으로 상대방의 팔을 붙잡고 이야기한답니다. 영국 사람들은 자기 얘기에 집중해달라는 뜻으로 상대방의 옷 단추를 잡고 이야기하는 사람이 있다고 하고, 이걸 버튼 홀딩이라고 한답니다. 단추 말고도 상대방의 옷 주름을 잡고 얘기하는 사람도 있고, 심지어는 넥타이를 늘려주면서까지 자신의 이야기에 귀기울여달라는 사람까지 있다고 합니다.
하도 아파서, 말하고 싶은 사람이 있어서 몇몇 사람에게 당신 이름을 말한 적이 있습니다. 당신 이야기를 해야 마음이 나아지는 상황이었습니다. 사랑을 잃은 사람들이 당분간 갈구하는 그것처럼 말입니다.

가슴을 관통해 스쳐지나가는 것. 그냥 스쳐지나가고 마는 게 아니라 그 자리에 더 많은 일렁거림을 남기고 부푸는 것. 벅찬 것으로만 그치는 것이 아니라 아리고 쓰립니다.
사람을 살게 하는 것은 무엇일까요. 무엇으로 사람은 살 수 있으며 살아갈 수 있을까요. 하루에도 여러 번 그 생각으로 머리가 묵직해집니다. 하지만 나는 '그 무엇'은 화려한 것도 아니며 생기발랄한 것도 아닐 거라고 굳게 믿어요. 사람을 살게 하는 것은 분명 절박한 것이며, 목메는 것이며, 쓰라린 것이에요. 사람이 살아갈 수 있는 힘은 길을 걷다가도 문득 멈춰 서서 주저앉을 수밖에 없는 감정을 만나는 일이며, 잊으려 애를 쓰다가도 끝내 의도적으로 앙금을 남겨놓는 일, 그 따위의 기분들입니다.

우리가 사는 삶이란 그저, 사랑하는 모두가 빠져나간 자리의 뒷전을 자주 느끼는 일이며, 사랑이 사랑의 힘만으로 도달할 수 없다는 불가능을 여러 번 체험하는 일이며, 도무지 막으려 해도 막을 수 없는 신산한 시절을 그저 견디고 견뎌야만 하는 일. 피할 수 없어서 우리는 그 모든 것들의 쓸쓸함을 삼키고 또 삼키며 삽니다.

모두를 걸고, 모두를 잃는다 해도 그것이 무슨 대수겠습니까. 내가 하는 사랑은 이럴 텐데요. 그렇지만 성공보다 당신이 중요하다고 말할 수 있어도, 시詩보다는 당신이 덜 중요하다고 말하는 사람이에요. 거짓말로라도 당신이 시라고 말하지 못하는 사람이에요.

그 모두를 알아차린 당신이 떠난 겁니다. 잘못 채운 단추를 뜯어버리고 갔습니다. 그토록 찬바람을 남겨놓고 떠난 당신도 배가 고프면 라면 봉지를 뜯어 마른 면을 뽀개 아작아작 삼키겠지요. 그러고도 허전함이 가시지 않아 마음을 달래러 걷기 위해 나섰다가 소나기를 흠뻑 맞고는 비 맞은 생쥐 꼴이 되기도 하겠지요. 당신도 그렇게 뻔하게 살 거라 상상했습니다. 우리는 그렇고 그런 삶을 뛰어넘을 재주가 없으니까요. 그 어떤 용서보다 그렇게 믿는 게 맞을 것 같았습니다. 그럼에도 당신을 미워했습니다. 당신이 행복하다는 소식을 들었기 때문입니다.

미워하는 사람을 미워하면서도 마음속 어딘가에 너무 가깝게 두었기 때문에 힘들었던 겁니다. 당신을 미워하게 된 경우는 더 그럴 수밖에 없어서 인생이 꺼질 것처럼 힘들고, 지치고 그랬습니다.

문득 하늘을 올려다봤는데 그래도 미워하고 있다는 사실도 다행이라는 생각이 들었습니다. 하늘은 내게 뭐든 할말이 있으면 말하라고 하는 것 같으면서도 "그래서, 저 밑에서 뭔가 말이 올라오려 할 때 문득 떠오르는 사람, 하나쯤은 가져야 하는 거야"라고도 말해주는 것 같습니다.

아르헨티나 부에노스아이레스를 여행했을 때 기적의 성당에 들른 적이 있었어요. 그곳에서 소원을 빌면 이뤄진다고 해서 기적의 성당이라 불리죠. 그렇다면 사람들이 얼마나 많이 찾아와 줄을 설까 싶었지만 사람은 없었습니다. 그곳에서 기도를 했습니다. 세 가지나 기도를 해서였을까요. 하나도 안 이뤄지고 무엇도 이뤄지지 않았습니다. 성당에 사람 하나 없더니 그래서 그런가 싶었죠.

나는 다시 남미에 가는 길에 그 성당을 찾아갔습니다. 도무지 찾을 수 없었습니다. 이름을 정확히 기억 못하기도 했지만 이틀을 찾아다녀도 내가 가봤던 그 성당은 찾아지지 않았지요.

조금 늦게 떠올렸습니다. 소원 가운데 한 가지, 당신이 행복하게 해달라는 그 소망에 대해 말입니다. 나와는 상관없이 당신이 행복해지고 난 뒤 당신이 그 성당을 지워 없애버린 것인지도 모른다 싶어졌습니다.

당신이 행복하다는 소식을 또 들었습니다. 당신의 행복은 당신 혼자 만든 것이기를 바랍니다.

당신이 내게 따뜻하게 지내라고 마련해준 장작들도, 그 장작들을 피워 영롱히 빛났던 어느 밤의 불꽃들도 모두 돌아왔으면 좋겠습니다. 불을 지피는 데 썼던 성냥갑과 불 앞에서 간절히 빌었던 그날 밤의 아름다운 소원들까지도 말입니다.

하루종일 의자 하나를 생각했습니다. 당신 생각으로 찬바람도, 걱정도, 또 그리움도 따뜻하게 앉히고 싶어서 말입니다.

오늘 올려다본 하늘이, 내가 아는 모든 사람들이 본 하늘하고 똑같았으면 좋겠습니다. 내가 본 아름다운 하늘이 지구에 사는 모든 사람들이 똑같이 보고 고개 끄덕였던 하늘이라면 좋겠습니다. 다른 건 다 불가능해도 하늘에 관해선 가능할 것 같다는 생각을 했습니다.

마법사를 따라 들어간
호젓한 골목길

— 꽃을 선물 받으면 기분이 어때요?

내가 묻자 당신은 말한다.

— 부담스러워요.

꽃을 받아본 적이 없는 당신이라서 그렇게 말하는 건지, 나는 다시 되물으려다 이렇게 말한다.

— 꽃은 기쁨이잖아요.

내 말에 당신은, 차가 막히고, 내린 눈이 녹고, 언뜻언뜻 한강이 조각조각 드러나는 쪽으로 시선을 옮기며 이렇게, 그렇게 말한다.

— 꽃은, 시들잖아요.

부담스럽다니. 시든다니. 그 말에 덴다. 꽃이 시들어버리면 세상은 그렇고 그런 것으로 바스락거릴 테고, 우리도 그 위에서 시들 것이다. 그 말은 틀린 말이 아니다. 수명이 긴 꽃이 없듯 수명이 긴 사랑도 없다.

— 딸기와 포도를 조금 샀습니다. 가져갈까요?

문자 메시지로 묻자 당신은 말한다.

── 딸기, 좋아요.

문자였지만 모처럼 당신은 신이 났다. 포도는 먹지 않으니 가져오지 말라는 것인지, 포도는 안 좋으냐고 물으려다 둘 다 싸들고 간다.

햇살이 좋은 공원. 몇몇 사람이 더 오기로 되어 있지만 우리 두 사람만 먼저 와 있다. 씻어온 딸기를 펴놓는다. 포도도 꺼낸다. 당신은 딸기를 먹는다. 거의 다 먹을 것 같은 기세로 딸기만 먹으면서 내 눈치를 보는 것도 같다.

── 다 먹어요. 다른 사람들한테는 포도만 가져온 걸로 하면 되니까…….

얼마 남지 않은 딸기를 나까지 가세해 다 먹어치우며 나는 잠시 생각한다.

'딸기밭을 선물해야겠어. 당신한테는 딸기꽃이 어울리네.'

기차를 탈 때 좌석을 두리번거리는 들뜸이라든가, 나란히 비행기에 앉을 때 자리 위에 올려놓은 담요를 처리하는 방식 같은 것. 하늘을 올려다보면서 내뱉는 감탄사에 유난히 신경을 쓴다거나, 물가에 갔을 때 습기를 대하면서 하는 부자연스런 중얼거림 같은 것들. 혼자 있을 때라면 도무지 그러지 않을 것 같은 행동들을 하고 또 하게 되는 건, 당신도 사랑을 시작하고 있기 때문일 거라고 일방적으로 생각했다.

행복하려고 사랑을 하는 걸까? 사랑을 하면 행복해지는 걸까? 설교 투의 이 질문은 '파도는 밀려오는 것인가, 돌아가는 것인가' 하고 따지려는 것과 다르지 않다. 사랑과 행복은 한몸이어서 그것을 생선 바르듯 뼈와 살로 발라낼 수는 없다. 다만 사랑이 무엇이라고 말은 못해도 행복의 다른 말은 '충분'이라고 말할 수 있다.

사랑의 세포가 나보다 훨씬 적은 것 같은 누가, 내가 사랑의 마스터일지도 모른다면서 물었다.

— 보통, 사랑이 끝나면 어떻게 하나요?

내가 대답했다.

— 아무것도 하지 않고 싶습니다.

— 어떻게 아무것도 하지 않을 수 있죠?

— 아무것도 하지 않는 그 자체를, 최선을 다해서 느낍니다. 그러면 뭔가를 하고 싶어지게 되는데, 그게 결국은 사랑입니다.

역시나 나는 그러다가 다시금 새로운 사랑을 시작하곤 했을 것이다.

— 사랑을 잃고 나면 분명 아플 텐데, 그러면 다음 사랑이 끝나고 아픔을 맞았을 땐, 좀 덜 아픈가요?

내가 강력하게 힘주어 말했다.

— 아닙니다. 이전의 아픔을 통해서 분명 내성이란 게 생겼을 텐데, 그게 필요가 없더라고요. 그 내성이라는 건 온데간데없고…….그냥 맨 처음 느끼는 고통인 것처럼, 아프고 무섭고 아픕니다.

이럴 때면 무라카미 하루키가 이별에 대해 한 말을 떠올린다. "어떠한 진리도, 어떠한 성실함도, 어떠한 강인함도, 어떠한 부드러움도, 어떠한 미덕도 그 슬픔을 치유할 수는 없는 것이다"라는 말을……. 사랑이 특별하게 보이는 순간이다. 사랑이 빛나는 건 그 한쪽에 이별이 깜빡거리고 있어서다.

하지만 역시도 이럴 때, 그는 바보 같은 얼굴을 하고 나에게 이렇게 물을지도 모른다.

— 그럼, 안 하면 되는 거 아닌가요? 사랑 같은 거.

그러면 내가 이렇게 대답할지도 모른다.

— 그러면 내가 죽어요. 내가 아프지 않으면 난 죽는단 말입니다.

하지 않으면 끝인 것. 하지 않음으로써 제대로 자신에게 도착하지 못하는 것. 안 하면 그것으로 당신이든 누구든 아무것도 아닌 것.

인생을 알려준다는 마법사를 따라 들어선 골목길을 지나 황금으로 지은 신전 앞에 도착한 것.

크리스마스에는
사다리 타기

　사랑하는 사람과 크리스마스를 보내기로 했는데 둘이 있기는 그랬는지 갑자기 여럿이 어울리게 되었다. 다른 사람들은 우리 두 사람이 사랑을 시작하고 있다는 사실에 대해 잘 모르는 때였다. 우리가 서로에게 주려고 준비한 두 개의 선물은 다른 사람에게로 넘어갔다. 일단 들키지 말아야 한다는 생각 때문에 다른 사람들 모르게 하는 편이 나을 것 같았다. 마치 둘이 먹으려고 싼 도시락을 다른 사람들하고 자연스레 나눠 먹는, 그런 그림 같았다. 어차피 우리 둘이 만나지 않았다면 크리스마스는 생략되었을 터였으니 그 정도로 넘겨도 좋다고 생각했다.

　둘이 만나기로 해놓고 번개로 여럿이 만난 사람들 속에서 시답잖은 이야기가 오가고 술병이 쌓여갔지만, 목이 마르기만 한 시간이 지나고 모두 헤어질 때조차도 같은 차에 오르지 못하는 슬픔 따위가 고스란히 남겨진 크리스마스였다. 오늘 이렇게 되어서 미안해. 매일매일 크리스마스처럼 해줄게. 그럴지도 모른다. 찬 공기 속에 깊게 퍼지는 웃음소리가 도시 전체를 녹일 것 같은 그날들이 올지 모른다. 하지만 매일매일 크리스마스처럼 지내자는 말은 곧 거짓말이 되었고, 심지어 다음번 크리스마스에는 만나지 못했던 두 사람의 어정 쩡 슬픈 이야기.

　나는 그때 체코 프라하를 여행중이었고, 크리스마스 시즌이었다. 그냥 조용히 방안에서만 지내겠다던 나의 계획은 아침 식당에서 마주친 핀란드에서 온 친구 덕분에 깨졌다고 할 수 있다. 동양인과 가까이서 대화해보는 게 처음이라며 두어 번 합석을 했는데, 이야기를 나누던 중에 그 친구는 한국에서는 크리스마스를 어떻게 보내는지 궁금해했다. 나는 별로 설명할 게 없다고 생각하다가, 나라 전체가 크리스마스를 축제로 여기는 서양에 비해 우린 그냥 친구들끼리 조촐한 모임 같은 걸 갖는다고 말했다.

　"친구들끼리 만나면 뭘 하는데?"

　잔뜩 기대를 갖고 묻는 그녀에게 나는, 선물을 하나씩 준비해서 나눠 갖는다고 대답했다. 사다리 타기도 설명했다. 그리고 내가 준비한 선물이 누구에게 돌아갈지는 알 수 없지만, 그중에는 내가 몰래 사랑하는 사람이 있을 수 있다고 설명했다.

　너무 재밌고 로맨틱하다며, 그녀는 자신이 마치 반장이라도 되는 양 크리스마스 저녁 모임을 꾸리기 시작했다. 벌써 투숙객들하고 그렇게나 친해진 건지 모든 사람에게 선물을 하나씩 준비해서 저녁에 만나자면서, 한국의 사다리 타기 문화도 설명하는 것 같았다.

조금 고민이 되었다. 역시나 누구에게 줄 무엇을 사야 한다는 건 쉽지 않은 일이니 고민이 되는 건 당연했으며, 어느 누가 저녁에 모이는지도 확실하지 않은 상황이었다.

'한국에서 크리스마스를 맞는다면 사랑하는 사람하고 같이 있었겠지. 아니지. 사랑하는 사람이 있어야 같이 있지. 그 어쩌지 못하겠는 크리스마스 공기를 피해서 도망온 거지.'

비누로 결정했다. 이 정도의 비누라면 우리 인간의 몸을 우아하게 책임져줄 것 같았다. 계산을 하면서 가게 주인이 선물할 거냐고 묻는데 그 질문에 내가 고개를 많이, 그것도 여러 번 끄덕였던 탓일까. 내용물보다 포장이 과한 비누를 보니 창피한 기분마저 들었다.

선물을 교환하는 시간이 되었을 때 나는 당황하고 말았다. 사람들이 가지고 온 건 하나의 선물이 아니었다. 누구에게 어떤 선물을 해야 하는지 모르겠다며 여성용 남성용 장갑을 각각 두 개씩 준비해온 사람, 다 같이 나눠 먹자며 피자 두 판과 스파클링 와인에 플라스틱 잔까지 사온 사람, 어떤 사람은 여행 짐을 담아왔던 바퀴 달린 여행가방에 사탕, 쿠키, 열쇠고리, 인형 등을 가득 담아와서는 모든 사람에게 한 줌씩 나눠주겠다는 태세로 끝도 없이 계속 꺼내는 모습에 나는 그만 뒤로 나자빠질 뻔한 것이다.

크리스마스에 왜 하나의 선물을 준비해야 하는지를 받아들일 유전자가 서양인들에겐 아예 없다. 그에 비해 확실히 우리의 크리스마스는 사랑하는 한 사람, 그 대상의 존재감이 중요하고. 나부터도 이렇게 시끄러운 분위기가 적응이 안 되고 재미없는 걸 보면…….

"자, 사다리 타기는 어떻게 하는 거라고 했지?"

한 사람이 나를 향해 기대에 가득찬 얼굴로 물었지만 나는 여전히 난감했다. 사다리를 타긴 타야겠는데 상황이 이러하니 그냥 한 사람만 정해서 이 모두를 몰아줄까. 아니지. 그러다 매맞지.

불꽃이   몸에 박히는
작은 통증

———

어떤 한 사람이 실수로 다이어리를 두고 갔습니다. 전화번호를 모르지 않는 사이여서, 앉은 자리 바닥에 떨어져 있었다고 그 사실을 알렸습니다. 그랬더니 제일 먼저 묻는 건 다이어리 속에 끼워놓은 사진 한 장이 잘 있느냐, 였습니다. 오래된 사진이었습니다.

다들 뚜껑을 열어보면 뭔가 건드리기 뭣한 은밀함 같은 게 있는 건가요. 그 은밀함을 잘 간직하기 위해, 다들 애를 쓰면서 살고 있단 생각이 들었습니다. 누군가의 안에서는 값지고, 성스럽기조차 한 그것. 한 사람의 그런 것들을 지켜주고 싶다는 생각이 드는 것. 이것도 사랑일 수 있겠구나 싶었던 순간이었습니다.

사랑이란 건, 안 이어질 것 같은 점들이 선으로 연결되어버리는 과정일 겁니다.

김창열 화백의 물방울 그림. 그 그림이 걸린 어느 건물 로비에서 누군가를 만난 적이 있었습니다. 그 사람은 나를 만나자마자 그 그림을 손으로 직접 만져보고 싶었다면서 절대로 그러면 안 되는 일임에도 불구하고, 캔버스에 손가락 하나를 올렸습니다. 아주 살짝 물방울 그림을 만지고 난 소감은 진짜로 물방울을 만지는 기분이 들었다는 겁니다.

살면서 하고 싶었던 것을, 하나씩 지워나가면서 사는 재미를 알고 살아가는 사람 옆에서, 단정하게 살려고 하는 나 같은 사람은 다시 태어난다 해도 절대 가져볼 수 없는 그 너머의 쾌감을 봤습니다. 내 눈이 커다래진 건 자신의 울타리를 자주 뛰어넘는 그 사람으로부터 사랑의 회오리가 일어서였습니다.

사랑을 느낄 확률은 어느 순간, 어디에나 있습니다. 그리고 또 사랑은, 도처에 있습니다. 아무렇지 않게도 있고, 어울리지 않는 지점에도 있을 수 있습니다. 한 사람은 늦은 밤, 창문을 열기 전에, 혼자서 별 의미 없이 이런 내기를 하곤 했습니다.

불이 켜져 있는 곳이 많을까, 아니면 꺼져 있는 곳이 많을까. 그러면서 곧잘 불 켜진 아파트의 창문 수를 세곤 했었답니다. 바로 그 순간에, 막 불을 끄는 집이 꼭 있기 마련인데, 그러면 그 집을 숫자에 넣어야 할지 빼야 할지 잠시 망설이게 되더라는 겁니다. 그 말을 듣는 순간, 이 사람을 내 감정에 한 숟가락씩 흘려넣어야 할지 빼야 할지 망설이게 되었습니다. 혼자 밤에 그러고 있다는 한 사람이, 같은 하늘 아래 살고 있다는 사실이 갑자기 확대되어 내 맘속에 자리한다면 그건 단순히 반사적 당연함이거나 감정의 오작동일까요.

알고 지내는 사이여서 중요하지 않게 여기는 건, 감정과 거리만은 아닐 겁니다. 내가 소년이었을 때 한 소녀를 우연히 길에서 만났는데, 나를 보고는 반갑게 알은체하기가 뭣했는지 타이밍을 놓친 건지, 몇 발자국 내 앞으로 성큼성큼 걸어가더니 적당한 지점에서 유턴을 해서는 다시 되돌아오는 걸 봤습니다. 다 드러나 있었지만 소녀는 아주 우연히 마주친 것처럼 인사를 건넵니다. 난 안 해도 될 말을 하고 말았습니다.

"음. 아까 너 봤어. 되돌아오던 거, 되게 귀엽더라."

소녀는 유턴을 한 게 아니라 나에게 쏟아져 들어온 눈발 같은 것이었습니다. 알고 지내던 자체를 허물어버리고 새로 집을 짓기 위해 터를 다질 것처럼 펑펑하게 내리는 눈발, 그때 그것도 사랑이었습니다.

사랑일 수 있다는 걸 몰랐습니다.

필름 카메라에 필름을 끼우지 못하고 있다가 나와 눈이 마주치자 필름을 끼워줄 수 있느냐고 묻던 몽파르나스역 광장의 소녀도, 내 배낭이 열린 걸 보고 아까부터 말해주고 싶었는데 망설였던 사람에게 "이거 지퍼가 고장나서 그래요"라고 대답해주었던 브뤼주의 좋았던 그날들도, 내가 흘린 장갑 한 짝을 들고 길에 서서, 내가 장갑을 흘렸다는 사실을 늦게 알아차리고 혹시 되돌아오지 않을까 싶어 그때까지 기다려줬던 베를린의 루이사도. 불꽃이었으며 사랑이었다는 걸 나중에야 알았습니다.

우리는 어렸을 때 누구나 '지혜열'이란 걸 앓았습니다. 아이들이 받아들이기 벅찬 것들을 하나씩 익힐 때마다 몸이 뜨거워지면서 잠시 잠깐 앓는 열병 같은 것입니다.

우리가 사랑을 느끼거나, 사랑을 알게 되면서 맞게 되는 떨림, 기쁨, 정신의 비릿함……. 모두는 바로 지혜열에서 갈라져 나온 작고 작은 통증이라는 사실을 나는 모르지 않습니다. 사랑은 계절마다 혹은 일 년을 주기로 한 번씩 문을 두드리는데 우리는 해열제 따위로 밀어내는 건지도요. 그 일로 열이 있다는 것은 행운입니다. 그 열은 단순히 우리 몸에 트집을 잡는 것이 아니라 우리에게 감정을 할애하라고 요구하는 것일 테니까요. 당신은 곧 닥치게 될 사랑을 모른 체하지 말고 지혜와 열이 불꽃처럼 지나가는 시절을 담대하게 만나기 바랍니다.

당신하고   하루라는
시간 동안

이른아침 김포공항의 국제선은 떠나는 사람들의 분주함으로 한낮 같기만 합니다. 나는 일본 후쿠오카에 내려 너덧 시간을 기다렸다가 환승한 후, 최종 목적지인 뉴칼레도니아로 갑니다. 검색대 대기줄에 서 있는데 뒤에서 남녀가 나누는 대화가 귀를 간지럽힙니다. 남자가 여자에게 여권만 가지고 나오라고 했고 여자는 무슨 영문인지도 모른 채 공항에 나와서 자신이 남자와 가야 할 곳이 후쿠오카라는 걸 알았습니다. 마지막 비행기를 타고 돌아오기까지 만 하루 동안 두 사람은 후쿠오카로 가서 좋은 시간을 보낼 예정입니다.

나는 후쿠오카에 내려 시간을 보내기 위해 시내로 향하는 버스를 탔습니다. 마침 그 두 사람도 같은 버스를 탔습니다. 무엇을 먹을까. 어디를 갈까. 두 사람은 들뜬 기분에 톤이 높아졌지만 나는 '왜 자꾸 나를 따라와?' 같은 기분만 들었습니다.

내가 당신의 하루 사용권을 사용할 수 있다면 어떤 방식이 좋을까요. 아무 생각이 없었던 터라 갑자기 머릿속이 하얘지는 것 같지만, 그렇다면 저 두 사람이 하는 방식을 따라서 비행기를 타고 낯선 도시에 도착하는 것으로 잡아봅니다. 후쿠오카여도 좋고 여수여도 좋겠지만, 그 둘을 합쳐놓은 것 같은 어떤 도시가 있는데 거기로 갈까요?

기차역에도 가보고, 시장에도 가보고, 시간이 된다면 산책 삼아 사원에 가보는 것도 좋을 겁니다. 미술관에 가서 차 한잔을 마신 다음, 호퍼와 세잔의 그림을 보는 것도 좋겠지요.

아, 점심식사는 어떻게 할까요? 세 테이블만 운영하는 식당이 있습니다. 점심과 저녁 동안 이탈리아 음식과 일본 음식, 그 중간 것을 만드는 집인데, 주인아저씨에게 거길 통째로 빌릴 수 있는지 물어보겠습니다. 맛있게 식사도 해야지요. 튀김요리 좋아하는지요. 주인아저씨는 튀김요리를 잘 만드는데, 튀김을 찍어 먹는 드레싱이 일품이에요. 양파가 많이 들어가 있는데 괜찮은지요?

당신을 만나 하루 사용권을 쓰는 그날 새벽, 집에서 나갈 준비를 서두르다가 찻잔이나 컵을 깨지 않기를 간절히 바라겠습니다.

하루라는 시간 동안 꽃이 피고 새가 울고, 아니 차라리 사계절이 다 지나갔으면 좋겠습니다. 하루의 시간이 흐르는 동안, 가속할 일도 없고 미끄러져 브레이크를 밟을 일도 없는 그저 평범 이하의 속도로만 지냈으면 합니다.

하루를 서른여섯 시간이거나 마흔여덟 시간으로 늘일 능력이 나에겐 없으니 다른 사람을 개입시킬 수 없는 날입니다. 길을 묻거나 식사를 할 때만 누군가에게 의지할 뿐 누구에게도 시간을 허락해서는 안 됩니다.

"인생에서 놓치지 말아야 할 것은 그 무엇도 아닌 서로의 존재"라는 오드리 헵번의 말처럼 우리는 놓치지 말아야 합니다. 서로를.

괜히 우체국에 들러도 좋을 겁니다. 당신은 편지나 엽서를 써서 부쳐도 좋을 겁니다. 나는 나무 밑이 좋다는 핑계로 바깥에 서 있을 겁니다. 나무 밑에 흙이 보이면 나뭇가지를 주워 낙서처럼 집 하나를 그릴 것입니다.

소품으로 가득한 가게에 들러 당신 목에 하나쯤 행운을 비는 의미의 선물을 걸어줘도 좋겠습니다. 손에는 많은 걸 걸어봤는데 그거 별거 없더라고요. 당신 목에서 반짝이며 흔들리는 그것이라면, 우리의 미래를 생각하면서 나는 안도할 수 있을 겁니다. 아, 그 가게 옆에는 볼리비아 우유니 사막에서 가져온 소금으로 만든 주사위를 파는 가게가 있습니다. 소금덩어리를 여섯 면으로 깎은 다음, 각 면에다 점을 하나씩 찍어 주사위를 만든 것인데 그걸 사서 기념으로 하나씩 나눠 가져도 좋겠습니다. 하지만 그 가게에 갈지 안 갈지는 아직, 계획에 넣지 않은 상태입니다. 그 주사위를 탁자 위에 던진 다음 불쑥 '내기'를 할지도 모르는 당신이기에, 그렇다면 어쩌면 우리 사이에 불행을 암시하는 숫자가 나올 수도 있으니 말입니다. 나는 '내기'에 약합니다. 사랑에 낭떠러지가 있다면 그건 '내기'를 행하고 따르는 시끄러운 일이라 생각합니다.

자, 이제는 비행기를 타고 돌아가야 할 시간이 되었군요. 적당한 카페여도 좋고, 공항 로비여도 좋을 겁니다. 그곳에서 촛불을 켜는 겁니다. 컵케이크 하나를 사면서 초 하나를 얻었으니까요. 누구의 생일도 아니지만 그저 하루 사용권을 성공적으로 사용한 기념일 뿐입니다. 눈을 감고 잠시 속으로 주문을 걸지도 모르겠습니다. 지나가는 사람들은 박수를 쳐주세요.

다음에 만난다면 길에서 만나고 헤어지는 것은 길에서 하지 않았으면 합니다. 다음에 만난다면 사용권 같은 말이 우리 두 사람 사이에 섞이지 않게 해달라고 말입니다.

그날 당신과 내가 탄 비행기가 하늘에 길게 남긴 비행운은 인공위성에 의해 촬영될 것입니다. 인공위성의 정보를 수집하는 일을 하던 어린 과학자는 그 하루 동안 우리의 궤적을 기억하겠다고 저장하면서 파일명에 '당신하고 하루라는 시간 동안'이라 적을 것입니다.

허전하면
한잔하든지

수업이 끝났다고 매듭짓고는 다음주에는 꽃이 좀더 필 테니 야외에서 수업을 하자고 말했다. 모두가 다 강의실을 빠져나갔는데 한 사람이 남아 있었다. 다른 학생들보다 나이가 조금 있어 보이는 남학생이었다. 얼굴에 잔뜩 뭔지 모를 열기 같은 게 가득한 그에게 붙잡혀 조금 더 이야기를 나눴다. 남들에게서 전해지는 것 이상으로 그가 느끼고 있는 시에 관한 두려움과 그 밑바닥 같은 거였다.

그날 이후로 나는 그와 조금 친해졌다. 수업시간이면 그의 눈을 바라보며 이야기하는 일이 생겼고, 그가 고개를 끄덕이면 그제야 다음 이야기를 이어가기도 했다. 그러고 보니 첫날부터 줄곧 그는 맨 마지막으로 강의실을 빠져나가는 사람이었다.

모두가 빠져나간 공간을 나는 좋아한다. 공연장에서도 가능하다면 몇백 명의 사람이 다 빠져나간 다음, 공연장에 남아 있는 공기를 즐기려 애쓴다. 내가 일하고 있는 출판사에서도 그런 감각을 자주 느끼려 하는 편이며, 그 기분은 누구나 즐길 수 있는 것이 아니라고 생각한 지 꽤 되었다.

허전하면 한잔하든지……. 마지막까지 강의실에 남아 있는 바람에 가까워진 인물하고는 친구가 되었다. 강의를 마치고 술을 마신 적도 두어 번 있었고, 선약이 있어 술을 마시고 싶어하는 친구의 청을 들어줄 수 없을 때는 내 약속 모임에 그 친구를 데려가기도 했다. 술을 좋아하는 것 같았다. 술을 이기려는 것 같기도. 주량은 꽤 되었지만 큰 흐트러짐은 없었고 술에 취한 다음 자신의 이야기를 좀더 풀어놓곤 하는, 주변에 늘 있을 법한 타입의 사람이었다.

한 학기 동안 시를 가르쳤다. 가르친다는 것이 내 성향과는 멀리 떨어진 일인데다, 가뜩이나 다른 것도 아닌 시를 가르친다는 것은 엄청난 오해를 강요하는 일이라는 생각이 드는 것도 어쩔 수 없는 일이었다. 그렇다고 가르치는 행위 자체나 시를 가르치는 일이 무의미하다는 말은 아니다. 때로는 가르침을 받아들이는 입장에서는, 허공의 미끈거리는 물체를 잡으라고 강요받는 일인 것만 같아서다.

그러고 보니 나도 그와 친구가 된 것이 허공의 미끈거림을 잡지 못하고 사는, 피차의 입장에 대한 상호의 연민일 거란 생각이 든다. 시의 맨땅에 수로를 건설하는 일에 서로 가담하기로 한 것이다.

시는 사랑의 구체적인 형태라거나 시는 사랑을 통해 한 사람이 느끼는 구체적인 감각을 실연하는 일이라거나 시에 몰두하다보면 과거의 안 좋은 많은 것들이 낫기 시작한다는 등의 썰을 풀게 된 건, 그날 밤이었다. 누가 제안했는지 모를 무지막지한 제안은 이랬다.

"'시옷'과 '시옷리을'의 공통점에 대해서 하나씩 이야기하는 걸로 하지요? 막히는 사람이 술 한 잔 마시기."

우리는 술기운에 잔뜩 기댄 다음, 술기운이 아니고서는 하지 못할 게임을 시작하고 말았다. 하긴 루마니아의 게스트하우스에서 여행자들끼리 모여 진실게임 비슷한 것을 한 적이 있는데, '지금 현재 진행 중인 사랑을 하고 있는 사람은 가만히 있고, 사랑을 하지 않는 사람은 밖에 나가 오 분 동안 눈 맞고 들어오기'가 벌칙이었던 걸 생각하면 이 게임은 양반이었다. 바깥 기온이 영하 10도였으니.

누가 먼저랄 것도 없이 한 줄씩 뱉기 시작했다.

처음에는 차가운 감각인 것.

진하게 넘쳐서 흐르는 것.

부피를 재다 못 재는 것.

델 정도로 뜨거운 것.

끊어내지도 막을 수도 없는 것.

만취한 두 사람이 있을 뿐이었다. 시간은 흐르고 밤은 깊어만 갔다. 깊어가는 것은 묵직한 기류이기도 했다.

빈말과는 거리가 먼 것.

세상을 데우다가 사람을 태우고 마는 것.

혼란과 평화가 동시에 있는 전쟁인 것.

아침 공기에 흐르는 태양광선 같은 것.

그럴 수 없는 것.

게임은 끝날 기미가 보이지 않았고 가게는 문을 닫을 시간이 되었다. 순간, 왜들 이러고 있나 싶었을 때는 누가 먼저랄 것도 없이 가방을 메고 밖으로 나와 맑은 밤공기를 들이마시며 각자의 내부를 순환시켰다. 몇 걸음 걸으면서, 여자친구와 헤어진 지가 삼 년이 되었고 새로운 여자친구를 사귀는 게 어렵다는 친구에게 아름다운 걸 봐야 한다면서, 그래야 아름다운 삶을 살 수 있는 거라고 느껍게 힘주어 말했다. 그렇지 않으면 '이번 생에 와서 만날 남이 끓여주는 라면만 사 먹었을 뿐 라면을 한 번도 끓여보지 않은 상태에서 죽는 것'이라는 궤변으로, 아름다움을 강조하고 강조하다가 강요를 했던 것도 같다.

친구는 갑자기 나에게 이렇게 말했다.
"너무 아름다운 것만 보려다가 안 보게 되는…… 아름답지 않은 건 어떡하라고요……."

나는 그 말이 너무 아름다워서 푹 쓰러지려다 말았던 것 같다. 아름답게, 말들로 잔뜩 어질러진 밤, 어느 가로등 아래서 택시를 타고 멀어져가는 친구를 향해 나는 손을 흔들었지만 그 손은 다름 아니라, 오늘 게임에서 결국은 총체적으로 지고 만 나 자신에게 흔들어주는 거였다. 그렇게라도 하지 않으면 그 평화로움으로 가득찬 그 차가운 밤을 잊어버릴 수도 있을 것 같아서였다.

나
연애합니다

시인도 사랑을 하나요? 같은 질문을 받는다. 이럴 땐 최대한 쉽게 답변해야 한다고 생각해서 사랑 없이 시가 가능한가요? 라고 다시 질문해본다(질문하지만 사실은 허공에 던지는 셈이다).

내 말이 무슨 소리인지 통 모르면서도 들을 생각이 없는 눈치다. 시인은 사랑 따윈 하지 않는다, 라고 단정하는 듯하다. 내 머릿속에 지진이 나고 천둥이 치지만 조금 더 설명해보자.

좋아하는 것을 쓴다. 좋아하는 풍경 앞에 서 있다면 좋아하는 사람에게 글로 이 풍경을 잘 설명해야 하는 일이 당장의 내 일이다. 어쩌면 글을 쓴다는 것은 내가 본 것들을 잘 설명하는 일이고, 그 설명하는 일을 실패하거나 어쩌면 성공하는 과정일 뿐인지도 모른다. **나는** 과정뿐이기만 한 **이 일을 사랑한다.**

쓰는 동안만큼 나는 내 이야기에 귀를 기울이고 있을 당신을 생각한다는 것만으로 흥미롭다.

"내 말을 잘 듣고 있나요? 그러니까 내가 하려는 말은……" 이렇게 확인하면서까지.

사람에 관한 이야기를 주로 쓴다. 글감을 정할 때면 '내가 만난 사람'들을 떠올리면서 그 이야기 안으로 들어가 여행하는 일을 한다.

세상의 모든 **작가는** 사실, **자기 자신을 사랑하는 사람이다.** 자신의 세계에 몰입하지 않으면 쓰는 행위와 하나가 될 수 없기 때문이다.
("혹시 태어날 때부터 사랑이 없는 사람이라서 그렇게 물은 건가요? 눈앞에 있는 사람을 그리워한 적, 그런 적 없죠? 사람 좋아했다가 사랑으로 넘어간 적 없죠?" 난 이렇게 여러 번 묻고 답을 계속한다.)

자연은 생긴 대로 제각각 흐르지만 글은 쓰는 사람하고 완전 닮은 꼴이어서 쓰는 이의 몸 상태나 호흡까지도 다 털린다. 일렁이며 말을 건네는 것 같은 파도의 운동하고도 다르며 달의 주기하고도 다른 것 같지만, 사실 시인은 파도와 달이 말하는 것을 생각이라는 필터로 받아낸다는 면에서 글과 파도와 달의 거리가 그렇게 멀리 있는 것도 아니다.
결국 작가는 놓치지 않기 위해 뛰고, 기억하기 위해 눈을 부릅뜨고, 사람들이 사는 여러 방식에 마음을 열고, 나의 이야기가 아닌 더 나은 세상의 것들을 채집하기 위해 귀를 쫑긋 세운다.
사랑이 없는 당신에게 필요한 답변 같지만 **작가는** 어쩌면 사랑이 필요한 사람에게 사랑의 이야기를 들려줄 **자격을 제대로 갖추기 위해** 사랑을 하는지도 모른다. 그래서 작가는 **오늘도 사랑을 한다.**
(덧: 실제의 나는 연애세포는 적을지 몰라도 사랑세포로 가득한 사람입니다. 이걸 궁금해하는 건지는 모르겠지만……)

사랑은 사다리 타기인가 파도타기인가

당신이 나에게 전화를 했던 시간은 왜 하필 그때였을까. 당신이 살고 있을 것 같던 동네를, 어디에 사는 줄도 모르는 동네를 돌며 당신의 집 앞이라 여겼던 그 시간이었을까. 당신이 나를 봤을까. 내가 휴대전화를 들었을 때, 불빛에 비친 내 얼굴을. 당신의 집일 수도 있을 수많은 확률의 창문들을 올려다보는 동안에, 추레한 내 상태를 당신은 본 걸까. 그때 내 앞을 스쳐지나간 것은 어둠 속의 환영이 아니라 실제의 당신이었을까.

왜 당신은 다를까. 언젠가 내가 사랑한 사람과 왜 다를까. 왜 모빌처럼, 내 앞에서 아무 말도 하지 않고 맴맴 도는 것만 같을까. 우리는 왜 우연히 같은 계단에서 계속 마주치는 걸까. 그 계단에는 자판기 같은 것이 설치되어 있어서 버튼만 누르면 당신이 나타나는 걸까. 당신은 어디서 온 걸까.

왜 당신은, 내가 아니고 당신일까. 그 부분만 아니면 이럴 일이 없는데. 당신이 다른 사람에게 집중을 하면 왜 싫을까. 당신이 다른 사람 앞에서 많이 웃으면 나는 왜 그게 슬플까. 이것은 나의 집요함이 아니라 애쓰는 것임을 당신은 알까.

　당신은 누구일 수도 없으며, 누구에게도 누구일 수가 없으며, 나에게만 오직 당신일 수 있을 것 같다. 그런데도 왜 당신은 당신만을 사랑하고, 당신 이외의 것들은 사랑하지 않는가. 갑자기 섬에서 섬으로의 이동수단을 배가 아닌 날개를 택한 것처럼. 두번째 만났던 당신과 세번째 만났던 당신이 달라서 나는 패를 숨긴다. 패를 보이는 순간, 모든 것은 도미노처럼 무너지기 시작할 것만 같다. 그 무너짐은 무척이나 긴 허물어짐이어서…… 길고 긴 소리를 낼 것만 같다.
　삶의 플랜A와 플랜B 사이에서 당신은, 여전히 세상은 바꿀 수 없으며 바뀌지도 않을 거라 말했다. 사랑의 플랜 '기역'과 사랑의 플랜 '니은'을 앞에 두고 나는 그것으로 세상을 바꿀 수 있다고 믿는 사람이다.
　그렇더라도 우리가 사랑에 대해 알아낸 것이라곤 사랑하면 누구나 아프다는 것이고, 사랑에 대해 모르는 게 있다면 여전히 사랑에 있어서만큼은 이상은 통하지 않는다는 것일까.
　반납이 안 된다는 이유로 우리는 사랑이 어렵다. '도서 대출 카드'에 버젓이 행적이 기록되어 있으니 반납의 과정 자체를 생략하기 위해 대출 카드 자체를 잃어버린 척하는 상태. 우리의 사랑은 그것을 닮았다. 애초에 끝낼 생각은 추호도 없었다. 사랑이 끝날 즈음에는 '반환점'이라는 찬스 같지도 않은 찬스를 사용할 뿐.

이 사회는 우리의 안부 대신에 보호자가 있냐고 묻는다. 나는 당신의 보호자이며 당신 또한 나의 보호자다. 돌고 돌아 여기까지 왔으므로 우리는 서로를 불안한 보호구역 안에서 지켜야 한다.

"당신이 보호하는 사람이 문제가 있습니다." 어느 날 관리자의 힘준 목소리로 전화가 걸려온다. 꽃을 꺾으면 안 되는 곳에서 꽃을 꺾었습니다. 나는 그것에 대해 책임을 져야 마땅하지만 그것이 당신을 지키는 일이라고 생각하지도 않는다. 오래전부터 당신한테서는 구멍이 나고 있었다. 당신은 겉돌았다. 당신이 시선을 밖으로 가져간 건 나의 온도 탓이었겠으나 그로 인해 중심잡기에 실패한 나였고, 스키를 타다가 넘어진 나였으며, 외줄타기를 하려다 한 발도 못 떼고 만 것도 나였다.

읽지 않는 종류의 책이 꽂힌 서가는 지나치기 마련이지만, 우연히 빼든 '서핑'에 관한 책을 들추다가 「파도 읽는 법」에 관한 부분에서 잠시 멈춰 선다.

나에게 맞는 파도를 잡아서 타려면 우선 파도를 읽을 줄 알아야 한다. 야구와 비교하면, 어느 공은 쳐야 하고 어느 공은 보내야 할지를 읽는 것처럼 말이다. 고개를 끄덕인다.

파도를 잡고 일어설 때도 절대로 하면 안 되는 생각들이 있다. 경사가 너무 급하다고 해서 순간 두려운 마음을 먹거나, 이러다 파도를 놓치고 실패할 것 같은 기분이 때는 반드시 파도에 휩쓸려 물에 빠지고 말기 때문이다. 마음을 다잡는 일이 얼마나 중요한지를 알게 해주는 부분이다. 안 좋은 균일수록 잘 자라는 법이니까…… 역시,

고개를 끄덕인다.

그리고 파도에 관련된 이런 주의사항을 읽는다. **멀찍이 서서 보는 파도의 크기보다 바다에 나가서 직접 파도를 접했을 때, 실제로 파도가 훨씬 더 크다는 것이다. 큰 파도만 위험한 게 아니라 작은 파도라 할지라도 파도가 부서지는 생김새나 물 밑바닥이 암반인지, 모래인지에 따라서 큰 파도보다도 더 위험할 수 있다.** 역시 사랑을 할 때도 보이지 않는 파도의 숨겨진 '아래'를 제대로 가늠하지 못한다면 큰일이겠다. 고개를 끄덕인다.

왜, 파도에 잘 올라타고 있으면서 파도가 크다고 겁을 먹는가. 왜, 파도를 당겨서 열고 들어간 사람이 파도를 버리고 빠져나오려 하는가. 당신만큼은 이번 바다에서 나를 보호자 삼아 잘 지내다 오기를, 당신만큼은 푹푹 물들었다 지상에 잘 나오기를, 나는 세상의 모든 사랑의 파도 앞에서 당부하려고 한다.

그리고 이제 고백한다. 당신에게 주의하라는 의미에서라도 파도를 잘 설명하는 일이 중요한 일이겠으나, 사실은

당신이 파도였다. 당신이 높고 짙푸른 파도였다.

전화를 걸기 전에
뭐라고 말할지 연습해본 적이 있나요

사랑에 대한 연구로 잘 알려진 심리학자 아서 아론은 처음 만난 두 사람이 사적인 질문 서른여섯 개를 주고받은 다음, 서로에 대한 친밀감을 얼마나 끌어낼 수 있는지에 관한 실험을 성공적으로 해냈습니다. 물론 그 질문의 과정은, 두 사람이 서로 사랑에 빠질 가능성이 높다는 사실을 증명하는 실험이었습니다.

질문들은 촘촘히 잘 설계되어 있습니다.

첫번째 질문인 **"이 세상의 어떤 사람과도 저녁식사를 할 수 있다면, 누구와 같이 먹고 싶나요?"**를 시작으로 **"유명해지고 싶나요? 어떤 방법으로요?"** 같은 질문입니다.

유명해지는 방법에 대한 질문에 나는 이렇게 대답할 수 있습니다.

"나는 계란을 많이 먹는 사람으로 유명해질 수 있습니다. 삶은 계란, 계란 프라이, 계란말이 등등 하루종일 스무 개 이상을 여행지에서 매일 먹어본 적이 있거든요."

어떤 방법을 택하겠냐고 묻는다면 '사랑하는 사람과 계란요리를 먹고 싶다'고 대답하면 어떨지요.

이런저런 질문을 통해서 서로가 가까워진다네요? 그래서 저는 질문을 많이 하는 사람을 좋아하고, 질문을 잘하는 사람을 강조하다 못해 사랑에 빠지기도 했었나봅니다. 그럼, 이런 질문은 어떤가요?

—전화를 걸기 전에 뭐라고 말할지 연습해본 적이 있나요? 왜죠?

이런 질문도 맘에 듭니다. 전화를 걸기 전에 연습을 한다는 건, 우선은 '너무도 떨리고 긴장되어서'라고 대답할 수 있습니다. 전화 통화를 통해 결과를 잘 끌어내기 위해서이기도 할 거고요. 저의 경우는 좋아하는 사람이라서 연습을 했던 적이 있습니다. 결과가 좋았던 적도 있었지만, 안 좋았던 적도 적지는 않았네요.

자, 다음은 이런 질문입니다.
—당신 자신, 혹은 당신의 인생이나 미래, 아니면 그 무엇이든 진실을 말해주는 수정 구슬이 있다면, 무엇을 알고 싶나요?

자연스레 십 년 뒤나 이십 년쯤 뒤의 나를 떠올려보게 됩니다. 그때 내 옆에는 어떤 사람이 있을지, 수정 구슬이 있다면 나도 한번쯤 물어보고 싶으니까요.

—당신에게 '완벽한' 날이란 어떤 날인가요?
이런 질문을 들으면 가슴이 뛸 것 같습니다.
우선은 푸른 하늘과 공원이 떠오릅니다. 준비해산 음식과 당신이라는 존재가 채워지게 되겠지요. 이 네 가지 단어 혹은 상황의 조합만으로도, 완벽한 하루를 채울 수 있을 것만 같습니다.

내 이야기를 잘 듣고 있는 거 맞지요? 이 관문을 잘 통과하면 두 사람 사이에는 없었던 새 감정의 문이 열릴 거라는데, 이번엔 당신이 먼저 대답할 차례입니다.

— 내일 아침, 눈을 떴을 때 어떤 능력이나 특성을 가지게 된다면 그게 뭐라면 좋겠어요?

이 질문에 당신이 어떻게 대답할지 궁금합니다. 우리에게 아침이라는 시간은 염치없을 정도로 중요합니다. 하나의 단위가 열리기 때문이기도 합니다. 이 타이밍에 어떤 능력 하나가 부여된다면, 하루쯤, 아니 그 이상의 날들을 훨훨 날 수도 있을 겁니다. 어쩌면 이 질문 덕분에 당신이, 제일로 취약한 당신의 구석 하나쯤을 슬쩍 털어놓을지도 모르겠어요. 그럼 내가 휘청할지도 모르겠네요.

우리가 질문을 주고받는 이 시간에도, 세상에는 사랑을 실험하려는 사람들과 사랑을 체험하는 사람들이 톱니가 되어 서로 맞물려 세상을 이루고 있을 겁니다.

또하나의 질문은, 그 자체는 조금은 무겁지만, 뭐라고 해야 할까요. 차라리 우리 존재를 가볍게 느끼게도 해주는 질문 같습니다.

— 일 년 뒤 갑자기 죽는다는 사실을 알게 된다면, 지금 당신의 삶의 방식 중 어떤 걸 바꿀 건가요? 왜죠?

일 년 뒤 세상에서 사라지는 나. 그리고 내가 그 인식으로부터 조금은 다르게 일 년을 살 수 있다면……. 이 가정은 왠지 벅차기까지 합니다.

사랑은 갑작스레 빠지는 것이기도 하지만 우리가 대상 앞에서 얼마나 내부를 열어놓느냐의 문제예요. 대상에게 빠질 무엇이 발견되더라도 그것이 스며들 '홈'을 만들어놓지 않는다면 사랑은 발아하지 않습니다. 사랑이란 건, 우리가 알고만 있는 '겉'의 형태가 다가 아니라 '속'에 존재하는 수많은 마주침들을 만나고, 행복해하고, 견디고, 힘을 내는 진화의 물질이기 때문이에요.

일 년 뒤 세상에서 사라진다면 나는 사랑의 감각을 더 열어놓겠습니다. '사랑하다가 죽어버려라'라고 노래한 정호승 시인의 말씀이 세상 참 맞는 말이기 때문입니다. '사랑'과 '죽음'이라는 두 단어를 조합하면 인생이라는 생명력에 몰두하게 해주는 아우라가 생기는 듯해요. 온 힘을 다해 지켜야 하는 것에 그 생명력을 쓰게끔 자극을 주죠.

네, 사랑하다가 죽을 수 있으면 좋겠습니다. 그게 간단할 것 같습니다. '죽을 것처럼 사랑하라'는 말보다 열 배 살아 있는 말이고 스무 배쯤 말이 되는 말이니까요.

이별은   도피의
         다른 말이군요

산을 오르는데 앳되어 보이는 두 남녀가 오르고 있었다. 이상해서
둘을 눈여겨본 건, 배낭이 아니라 바퀴 달린 기내용 트렁크 하나를
들고 산을 오르고 있어서였다. 이 산에는 등산객이 머물 숙소가 없
는데 두 사람은 어쩐 일로 트렁크를 들고 산에 오르는 것일까.

그들의 속도와 내 속도가 자주 겹쳐서 우리는 몇 번 눈인사를 하
면서 산을 올랐다. 주로 남자가 트렁크를 들었으므로 남자의 등짝은
땀으로 흠뻑 젖어 있었다.

나는 참지를 못하고 어디를 가는 거냐고 물었다. '진달래 대피소'
까지 간다고 했다. 나는 왜 큰 여행가방을 들고 올라가는지는 묻지
못했다. 진달래 대피소는 산 정상에 오르기 전에 있는 마지막 대피
소로, 사람들이 간단한 식사를 하거나 쉬어갈 수 있는 곳이었다. 이
야기를 들으니 '진달래를 보고 싶어서'라고 하길래, 진달래는 지금
산 아래에서 볼 수 있지 않느냐고 말했다. 해발 1,700미터나 되는 그
곳에 진달래가 피려면 한 달 후나 될 거라고, 산은 모든 게 지상보다
늦게 계절을 진행한다고 말했다.

그럼에도 그들은 내 말은 아랑곳하지 않겠다는 듯 산길을 오르고

올랐다. 제주까지 와서 겨우 '진달래'라는 말에 끌려서 여행가방 하나를 들고 메고, 군락지까지 올라가려는 그 두 사람은 차라리 오지에 살 법한 소년과 소녀에 가까워 보였다.

어쩌면 저 두 사람은 '진달래'라는 말보단 '대피'라는 말에 끌렸는지도 모르겠다고 생각하면서 어느 한때의 내 사랑에도 '도피'라는 말이 필요한 시기가 있었음을 떠올렸다. '진달래 대피소'에 도착해 준비해온 주먹밥을 꺼내 먹다가 하나를 그들에게 건넸다. 물조차 가져오지 않은 채 그 높은 산으로 대피를 마친 그들이 무언가를 먹고 있는 내 모습을 가까이 지켜보고 있어서였다.

내가 건넨 건 주먹밥이기도 했지만 아직은, 산과 해발의 개념에 대해 잘 모르는 청춘들에게 건네는 작은 선물이기도 했다.

일순간 나는, 그들에 관한 모든 생각과 관심을 접기로 했다. 그들이 나에게 답례로 뭔가를 꺼내려는 듯 여행가방을 열었을 때, 트렁크 안에 자리를 차지한 케이크 상자를 보고 나서는, 언뜻 투명 비닐사이로 비치는 안쪽의 사정을 목격하고는, 나는 그 모든 궁금증을 중단하기로 한 거였다. 한쪽으로 쏠리다 못해 뒤죽박죽이 된 상자속 케이크라니……

떡을 싸왔네.

저때는 나의 머리도 가슴도 저 상자 속처럼 저리 저랬을까 싶어 믿을 수 없었다.

사랑이 바다라면, 이별은 산이다. 그것도 겨울산이다.

이별은 10박 11일 동안 겨울산을 혼자 오르는 일이다. 외롭고 추운 건 물론이고 그보다 더 강력한 증거들이 우리를 훑고 지나간다. 이별이란 게, 그게, 참, 그렇다. 하지만 분명한 것은, 그 열흘 뒤엔 어느 정도는 나아질 거라는 것이며, 이러니저러니해도 분명한 성장을 거칠 거라는 것.

미끄러지는 산을 오르고 또 오르는 것은 그만큼으로 잊기 위한 것이다. 도무지 앞으로 나아질 것 같지 않은 경사와 싸우는 것도 그 한 사람을 잘 보내기 위해서다. 그리고 어쩌면 그 사람도 반대편에서 산을 타고 정상을 향해 오르고 있을지도 모르기 때문이다.

동물의 발자국만 보아도 눈물이 날지도 모르겠다. 온통 눈으로 덮인 설산에 앙상한 갈색 나무들만 같은 풍경을 반복하더라도, 하늘을 나는 새들이 나를 내려다보고 있음을 느낀다면, 그것만으로 더 슬퍼하지 않아도 좋으련만.

엊그제 나는 이별을 했다. 감정을 잡으려 했으나 손이 떨렸고 그 떨리는 손을 다잡기 위해, 떨리는 다른 한 손이 필요했다. 그만한 이별에, 그만한 고통, 그리고 그만큼의 마비가 왔다.

겨울산으로 들어가야 한다. 올라가야 하지만 겨울산은 엄청 밀어내기도 할 것이다. 만약 겨울산이 나를 빨아들이기라도 할라치면 나는 역시나 죽을 것처럼 도망 나와야 한다. 몰입하되, 함몰돼서는 안 되는…… 혼자 치르는, 이별 의식이란 거의 그런 것에 가까울 것이다. 완벽하게 잊기 위해선 치밀하고 완벽한 과정을 거쳐야 한다. 그렇지 않으면 이별은, 끝을 밀봉하지 못한 채 자주 터질 것이며, 쉼 없이 기억 속으로 왔다갔다하면서 허우적댈 것이다.

나는 엊그제 이별을 했다. 주문 후에 배달된 등산스틱과 침낭과 아이젠과 등산화가 담긴 택배 상자를 푸는데 그만 눈물이 났다. 그건 단지 작은 창문을 통과해서 들어온, 아주 낯익은 겨울 햇살이 비스듬히 쏟아졌기 때문이었다.

그 사람이 좋은 이유를
찾았다

나는 찾았다.

사랑은 슬픈 것으로 만들어지지 않았다는 것을.

나는 찾았다. 사람들은 서로 사랑하는 척하고 있으면서도

사실은 사랑을 멈추고 있다는 사실을.

그리고 나는 찾았다.

거리에서 부딪힌 저 두 사람이 마침내 이틀 뒤 다른 자리에서 마
주칠 수도 있는 확률을.

오전에는 비가 왔지만 비가 그치면 오후가 되고 갑작스레 벅차리
라는 것을.

나는 찾았다. 그 사람이 좋은 이유에 대해 열 개 이상의 이유를 열
거할 수 있다는 사실을.

그리고 또 찾았다. 우리가 영웅을 보기 위해 몇 시간씩 기다렸던
시간들,

그 시간들도 헛되지 않겠지만 감히 내가 영웅이 되어보겠다고 했던 시간도
쓸데없었다고 생각하지 않는다는 것을.

그리고 찾았다. 언뜻언뜻 8월의 파라솔 밑으로 불던 바람이나,
잠깐잠깐 8월의 당신에게서 맡아졌던 그늘 냄새가 느껴지면
곧 9월이 오고 만다는 사실 또한.

내일부터 축제가 시작된다고 생각하면
오늘은 좀더 잘 지내게 되고,
내일 감정이 끝날 거라고 예정한다면 오늘은 좀더 사랑하게 된다는 것을, 찾고 찾았다.

그리고 찾았다. 아무 목적이나 기대 없이도 무작정 기다리는 것이 있다는 것을.

웃을 땐
이 여덟 개가 보이게

대만과 일본 사이 바다에는, 작은 섬이 하나 있습니다. 그 섬에는 온전히 통째로 쓸 수 있는 집이 하나 있고요. 일단 섬에 들어가게 되면 주인은 식탁 위에 차려놓은 음식과 이용시설 등을 알려주고 배를 타고 퇴근합니다. 떠나올 때까지 그 섬에는 오로지 지내는 사람만 있을 수 있게 말입니다.

그 이야기를 듣는 순간, 문득 당신이 떠올랐습니다.

섬이 없다면 바다가 아름다울 수 있을까, 라고 당신이 말했습니다. 섬에 가서 살고 싶은 꿈을 언젠가 이루고 싶다고 말했으니 어쩌면 그 연상은 자연스러운 것이었겠습니다. 섬에서 유독 더 외로워지고, 그럼에도 자꾸 행복에 잠기는 기분. 이 두 가지 감정은 섬의 저녁 공기를 더 푸르고 짙게 만듭니다.

외딴섬 한 채의 집, 그 안에는 서점도 있다고 합니다. 가져간 책들을 다 읽고 한곳에 쌓아놓아도 되고 어떤 사람은 자기가 쓴 책들을 꽂아두고 가기도 한답니다. 물론 그런 책들과 함께 주인이 좋아하는 책들이 꽂혀 있는데, 읽기 시작한 책을 미처 다 못 읽었다면 바구니에 성의 표시를 하고 책을 가지고 돌아와도 된답니다.

밤이 되어 별이 뜨거나 달이 뜨면 밤 열두시부터는 냉장고와 에어컨 가동에 자가발전된 전기를 양보해야 하는데, 바닷가에서 양초에 불을 켤 수 있습니다. 왼쪽으로 가면 모래가 깔린 섬의 시작이 있을 것이고, 오른쪽으로 가면 섬의 끝인 야트막한 절벽이 있을 것입니다. 섬 전체는 완벽한 고립일 테고요. 어디 고립뿐이겠습니까. 자유는 어떻겠습니까.

마치 똑같은 병에 걸린 사람처럼 당신과 내가 그곳에 격리되었으면 합니다. 한 달이라는 시간을 그곳에서 잘 쓸 수 있다면, 그토록 아름답고 황홀한 저녁을 매일 맞이할 수 있다면, 그따위 병쯤이야 다 나을 수도 있지 않을까 싶은 겁니다.

남태평양 한가운데 있는 나라 뉴칼레도니아의 어느 무인도에 갔을 때가 생각났습니다. 어느 날 서로 사랑하는 연인이 그 섬에 들어갔는데, 두 사람은 섬을 나온 적이 없다고 했습니다. 어떤 흔적도 남아 있지 않았노라고 했습니다. 이 이야기를 들은 건, 그 섬까지 나를 데려다준 조각배 선장 아저씨로부터였습니다. 그래서 그 섬은 연인들의 성지처럼 여겨지기도 해서 섬에 들어가는 사람들이 드문드문 있는 편이지만, 그곳은 누구나 다 아는, 아무도 살지 않는 섬이라고 했습니다.

아저씨는 농담인지 진담인지 나처럼 누군가를 섬에 내려주고는 한 번도 데리러 와달라는 날짜를 맞춘 적이 없다고도 했습니다. 나는 두려워서 물었습니다.

236

"그럼 나를 데리러 오는 날도, 정확히 내가 말한 사흘 뒤가 아닐 수 있다는 건가요?"

선장 아저씨는 아마도 그렇게 될 거라고 말하고 껄껄 웃었습니다. 파도가 심해서 그럴 수도 있고, 섬에 누군가를 데려다준 걸 까먹기도 해서 그렇다고 했습니다. 그러곤 한마디를 덧붙였습니다. 특히 연인끼리 이 섬을 찾을 경우엔, 일부러 더더더 한참 뒤에나 데리러 온다고요. 의도적인 한참 뒤라면 사람이 굶으면 안 되는 때에 데리러 올 것이고, 일부러가 아니라면 데려다놓은 걸 까먹은 것일 테지요. 어디까지가 진담인지는 모르겠지만 휴대전화가 터지지 않는 곳이니 모든 것은 '신의 뜻대로'인 범위 안에서 가능할 거라 여기기로 했습니다.

원시 그대로일 테니 감각과 스타일은 발휘될 수 없습니다. 그렇다면 지금까지 있어왔던 세상 어떤 길들이 아닌, 자신에게로 돌아갈 수밖에는 없는, 단 하나의 길만 있을 것입니다. 나는 언젠가 당신에게 두 군데 섬을 모두 가자고 말할지도 모르겠습니다. 그러면 당신은, 그저 여덟 개의 이를 보이며 웃어주어도 좋고, 나와 같이 그 섬에 가주겠다고 말해도 좋겠습니다.

"I believe in the life of the grasses
and spring without end"

Steinunn Sigurðardóttir,
Evening Poem in March

pass the word

편지의
나머지 　부분

편지를 많이 썼던 시절이 내겐 있었습니다. 그렇게 먼 과거의 일이 아님에도 불구하고 지금은 편지를 쓰는 인구가 현저히 줄어들었으니 '어느 한때'였다고 시점을 적어야 하겠습니다.

사춘기 때 역시도 나는 글을 쓰는 소년이어서 주변의 많은 친구들에게 편지 대필을 부탁받곤 했습니다. 게다가 방송국에 엽서 쓰기를 좋아하는 아이였으니, 그래서 가끔 선물도 받는 아이였으니 또래의 소년들 사이에서는 편지도 잘 쓸 거라는 공식이 있었나봅니다. 마지못해 여자친구에게 편지를 써달라고 하는 친구들에게 편지를 써주고 분식점이나 빵집에서 얻어먹기도 했고, 어떤 경우는 극장에 같이 가서 보고 싶은 영화를 보여달라고 했던 기억도 있습니다.

친한 친구도 여자친구에게 멋진 편지를 써달라고 했습니다. 그 친구는 그런 부탁을 안 할 줄 알았는데 나로선 친한 사이니까 당연히 써주겠다고 했습니다. 당연히 친구가 보낸 것처럼 편지를 쓰려고 하는데, 친구가 그럽니다.

"니가 쓰는 편지인데, 왜 내 이름으로 보내?"

나는 머릿속이 하얘졌습니다. 이런 편지를 쓸 때면, 그 친구의 입장이 되어 그 친구가 하는 달콤한 말들로 채웠습니다. 그런데 이 친구는 자기 이름도 빼고, 자기 입장도 빼고, 그냥 보낸 이가 이병률이게끔 편지를 쓰라는 겁니다. 처음 있는 일이라 당황스러웠지만 그래도 자연스럽게 내 이야기를 적었습니다. 친구는 내가 쓴 편지를 다 읽어보더니 봉투에 우리집 주소도 적으라고 했습니다. 그렇게 보낸 편지에 답장이 왔습니다. 친구의 여자친구로부터 정성스러운 답장을 받은 나는 편지를 읽는 내내 얼굴이 붉어지고 말았죠.

그 두 친구는 고등학교를 졸업하고 결혼하겠다고 선언하더니, 결국 결혼을 했습니다. 둘이 유학길에 오르기 위해 결혼식을 조금 서두른 거였습니다. 내가 쓴 편지가 두 사람을 이어주는 역할을 했다고는 생각하지 않지만, 그렇다고 내가 아무것도 하지 않았다고 생각하지도 않습니다. 우리는 그렇게 독특한 방식으로 가족이 되었으니까요.

강원도의 어느 절에서 보름 동안 산 적이 있습니다. 한 분의 스님만 계신 절이었는데, 그 절에는 스님이 돌보던 내 또래의 청년이 있었습니다. 내가 묵고 있던 방 바로 옆에 사는 그 청년은, 말하자면 착했는데 엉뚱한 데가 있고 좀 그랬습니다. 스님이 여러 번 같은 말을 해야 겨우 행동에 옮기거나, 갑자기 내가 머무는 방의 문을 활짝 열어젖혀 환하게 웃어 보이고는 냅다 달아나버리는 청년이었습니다. 그렇다고 늘 그랬던 건 아니고 불상에 제를 올릴 때나 마을에 내려가서 필요한 물건들을 사올 때는 또 너무 의젓했습니다.

내가 절에서 산 건 본격적으로 글을 쓰겠다 맘을 먹고 신춘문예에 도전하던 시기였는데, 내가 글을 쓰는 사람이란 걸 안 스님은 아침 공양 시간에 마주앉은 저에게 편지 한 통을 써줄 수 있겠느냐고 물어오셨습니다.

밥만 축내면서 신세를 지고 있던 터라, 나는 그러겠다고 했습니다.

역시 대필인 줄 알았는데, 아니었습니다. 이야기인즉슨, 청년이 좋아하는 여성이 있는데 이 여성이 말을 하지 못한다고 했습니다. 알아들을 수도 없는데다 청년이 수어도 하지 못하는 형편이니, 청년의 마음을 편지로 써서 전달해줄 수 있겠냐는 청이었습니다. 남의 연애 이야기에 관심을 가지게 된 운명의 시작은, 남에게 편지를 써주면서부터였을까요.

그 쉽지 않은 편지를 쓰기 위해 나는 그 청년에게 처자에 대한 감정을 물었습니다. 한마디도 하지 않고 몸을 돌려 배시시 웃기만을 여러 번. 나는 속이 터질 것 같다가도 그것이 왜 속이 터질 일인가 싶어 그냥 내가 본 청년에 대해 적어나갔습니다. 그때 몇 줄을 적기 시작한 내 가슴은 일렁거렸는데, 분명 그것은 청년의 가슴이기도 했을 것입니다.

잘 모르긴 해도 좋은 글이었을 겁니다. 진심 같은 게 잘 전해져야 한다는 마음이 있어 시를 쓸 때보다 더 정신을 차려서 썼으니까요.

처자가 처자의 어머니와 함께 절에 불공을 드리러 왔을 때 그 편지를 전달받았을 테지만, 나는 절에서 내려와 마저 신춘문예 원고를 준비하느라 그 이후의 일에 대해선 알지 못했습니다.

방에 얇은 판자 하나를 사이에 두고 방 하나를 둘로 가른 방에서 나는 매일 밤 청년이 코고는 소리와 잠꼬대하는 소리를 들으며 시를 썼었네요. 새벽 세시가 되어 스님이 청년을 깨워 탑을 돌며 염불하던 그 소리를 들으면서 나는 잠을 청하곤 했었네요.

인생의 어느 한때, 나는 편지쟁이였으며 사람의 안쪽을 들여다보는 힘을 갖게 해달라고 소원을 비는 소년이었더랬습니다. 그랬더니 어느 정도는 그런 힘을 갖게도 되었답니다.

하지만 내 안쪽을 들여다보는 일은 왜 그리 안 되는 걸까요. 마음 이쪽에서 마음 저쪽으로 편지를 써서 좀 잘해보라고 당부하고 싶은데 왜 편지는 쓸 때마다 백지가 되거나 녹고 마는 걸까요.

체리가 익을
무렵

파리에 살러 갔을 때의 일입니다. 장대한 여행이었습니다. 아무 일도 없었다고 종종 그때를 회상하지만 돌이켜보면 간단하지만은 않은 무수한 신호들을 몸으로 받아냈었다고 할게요. 처음에 집을 구하기 전, 보름 남짓 잠깐 어느 집을 빌려 살게 되었습니다.

아침에 눈을 뜨려고 뒤척이는 사이, 문 쪽에서 어떤 소리가 들렸습니다. 식물이 칼에 베이는 소리 같기도 했고, 굴러다니던 먼지가 저희들끼리 뭉쳐 춤을 추는 소리 같기도 했습니다. 그 소리는 문 쪽에서 났고, 바닥 쪽이었습니다. 그냥 지나치려다 눈을 비비면서 문 앞에 섰습니다. 웬 흰 종이 한 장이 문 앞에 떨어져 있었는데, 종이 위 손 글씨가 눈에 들어왔습니다.

사전을 찾았지요. 그땐 불어를 거의 하지 못할 때였으니까요. '열쇠'라는 단어와 '문'이라는 단어를 찾으면서도 알게 되는 것은 아무것도 없었습니다. 문장 전체를 이해하지 못하니, 지난밤 집에 들어오면서 열쇠로 문을 열고는 열쇠를 그대로 끼워둔 채 들어왔다는 사실을 몰랐던 겁니다.

근데 이 열쇠를 어떻게 본 것일까요? 이웃집에 사는 사람은 아침에 나가려다가 문에 열쇠가 꽂힌 것을 보고는, 메모를 적어 문틈 바닥으로 넣어준 것입니다. 집을 나갈 때, 열쇠를 찾다가 한참을 허둥댈 것이 뻔했으니 참 고마운 일이었습니다.

그후로는 아침만 되면 이웃집 사람이 나가는 소리를 의식했습니다. 현관문을 여는 소리, 문을 잠그는 소리, 그리고 나무 계단을 내려가는 소리. 아, 어쩌면 자기 집 문을 열고 나서거나, 문을 잠그고 나서, 내가 사는 집의 현관문을 한번 보는 것 같은 소리도 들었던 것 같습니다.

그후로도 한번 더 그런 일이 있었습니다. 물을 사서 먹어야 하는 문화에 익숙하지 않았던 그때의 나는, 물 여섯 병과 먹을거리를 잔뜩 사들고 집에 돌아왔습니다. 다음날 아침, 똑같은 글씨체의 메모 한 장을 보고는 다시 이마를 쳤습니다. 메모에는 이렇게 적혀 있었더랬죠.

"좋은 아침이에요. 문밖에는 파가 있습니다."

이번에는 파였습니다. 먹는 파, 대파 말입니다. 계단을 올라올 때 파(유럽의 파는 굵고도 큰데 한 대 단위로 세척해 판다)가 자꾸 삐져나와 거추장스러워서 그걸 팔 안쪽에 끼웠는데 문을 열다가 떨어뜨리고는 그냥 들어온 것이죠. 좋은 아침인데, 문밖에 다른 것도 아니고, 파가 있다니…….

이웃집 사람이 어싱이란 길 알게 된 건, 그후로 며칠이 지나서였습니다. 혼자 사는 사람이었습니다.

정원 딸린 옆집에는 커다란 체리나무에 주렁주렁 체리가 열리고 있었는데, 언제 한번은 담장 밖으로 자라는 저 체리를 서리해서 체리주를 담가야겠다고 마음먹고는 정원을 내려다보고 있을 때였습니다.

길에 한 여성이 걸어오더군요. 그리고는 내가 사는 건물로 들어왔습니다. 계단을 밟는 소리는 속도와 무게 면에서, 또 그 모두를 포함한 입체적인 면에서 아주 익숙했습니다. 소리가 점점 가까워지더니 마침내 이웃집 문이 열리고 닫혔습니다.

나는 야행성입니다. 밤중에 머리가 좋아지거나 밤중에 예민해지고 감성이 돋는 편이에요. 새벽 두세시에 잠들거나 그 이후에 잠드는 날도 많았습니다. 그리고 그날은, 밤을 새우고 해가 뜨고 있을 때까지 안 자고 있던 날이었습니다. 침대에 누웠는데, 내가 맞춘 적이 없는 알람시계가 울렸습니다. 소리는 곧 정지되었습니다. 곧이어 누군가 움직이는 소리, 그리고 하품하는 소리까지도 아주 가깝게 들려왔습니다.

아, 방음이 안 되는 지어진 지 오래된 건물이구나. 그리고 이 벽 뒤에 그녀의 침대가 있구나. 그녀와 내가 방음이 안 되는 벽 하나를 사이에 두고는 머리를 맞대고 자고 있다는 사실은, 만화 〈톰과 제리〉에서 마구잡이로 뛰어다니던 톰이 감전된 상태처럼, 나를 정지시켰습니다. 내 코고는 소리까지 들었으려나 싶었지만 그래도 그건 괜찮았습니다. 나는 잠을 자면서 중얼중얼하거나 앓는 소리 같은, 알아들을 수 없는 소리를 내는 사람이라는데 그것까지 들렸을까봐 거북했습니다.

그러던 어느 날, 저녁에 현관문을 두드리는 소리가 났습니다. 나는 마침내 올 것이 오고야 말았다는 생각과 함께 내가 입고 있는 옷이 하필이면 무릎 발사된 추리닝이었다는 사실을 민망해하며 문을 열었습니다. 하지만 아무도 없었습니다. 문 앞에는 우편배달부가 두고 간 듯한 상자 하나가 놓여 있었습니다. 그곳엔 아는 사람이 없으니 우편물을 보낼 사람이 없을 텐데 싶어 이름을 보니 옆집인 것 같았습니다.

나는 그 집 현관문을 두드릴까, 그녀처럼 메모를 적어넣을까 어쩔까 하다가 그 집 앞에 상자를 놓고 조용히 돌아섰습니다.

그 집 안에서는, 누군가와 통화중인 것 같은 그녀의 목소리가 흘러나오고 있었습니다.

당신을
운다

식물에 열중하고 있는 나에게 누군가 묻는다.

"식물하고 있는 게 그렇게 좋은가요?"

나는 대답하지 않는다. 내가 나에 대해 무어라 대답을 하면, 그 대답 때문에 내가 나와 많이 다른 '어떤 사람'이 되어 있는 걸 많이 봐와서다.

"꽃이 왜 좋아요?"

나는 대답할 자신이 없다. 언제 좋아했던 것들은 지금은 좋아하지 않게 되었고, 뭉개지거나 잊히거나 사라졌다. 이렇게 된 지도 오래되었다고 말할 수 있지만 좋아하지 않는 누구에게 내 이야기를, 그것도 말로 하는 것이 나는 어렵다.

나는 마치 식물처럼, 좋아하는 것에만 입을 열고 피부를 연다. 식물처럼 그렇다. 나는 식물하고 같이 있는 시간과, 꽃이 다 지고 난 후에 떨군 마른 잎들과, 거의 죽은듯 빳빳하게 가지만을 드러낸 채 조용히 숨소리를 감추고 있는 화분의 미세한 진동 따위를 좋아하는 것이 맞다. 식물의 전략이란 인간에게 자신의 어떤 움직임도 보여주지 않는 것, 그러다 결국은 인간을 위해 그 모든 것을 다 보여주는 존재에게 내 뜨거움을 꺼내지 않고서는 나는 대접할 길이 없다.

나는 당신에게 나무 한 그루를 심는다. 매일 물을 주고 돋아나는 잎을 관찰한다. 보이지 않는 것을 보게 하려 함이고, 보이지 않는 것을 보여주려 함이라는 것을 당신에게 고백한다.

당신을 파리에서 만났다. 그 커다랗고 넓은 에펠탑에서 만나자고 한 당신을 만날 수나 있으려나 싶었는데, 그 많은 인파 속에서 나는 당신을 찾을 자신이 있었으므로 그냥 에펠탑으로 나갔다. 약속 시간 삼 분 전, 당신으로부터 한 장의 사진이 도착했다. 그 사진은 에펠탑을 받치고 있는 네 개의 다리 한가운데, 그러니까 에펠탑이 서 있는 정중앙에서 고개를 들어 찍은 사진이었다. 아까까지만 해도 잠잠했던 심장이 뛰기 시작했다. 사방 어디에서 봐도 똑같은 모양의 에펠탑이라 어디에서 만나자고 하면 만날 곳이 헷갈릴 것을 대비해 이렇게 네 개의 다리 안쪽 정중앙 지점에 선 채로 에펠탑을 올려보며 찍은 사진 한 장 때문에 그랬다. 이렇게 다른 사람. 내가 찾고 헤매던 사람이었는지도 몰랐다. 나는 마치 귀스타브 에펠의 안내를 받으며 에펠탑이 세상에 처음 공개되는 날, 에펠탑 위에 오른 것 같다.

천지연 폭포에서 만나자 했건만 천제연 폭포에서 기다린 사람을 만나지 못한 언제 일과, 18시에 만나자고 했는데 8시에 나가 기다렸던 누군가의 일화도 잠깐 스쳐지나갔다. 만나지 못한 것은 분명 아픈 일이었지만 이제 괜찮았다.

그러나 이제는 그러지 않아도 된다. 당신이 거기 서 있었기 때문에. 그 삼 분 전부터.

그리고 나는 어느 봄, 이 땅으로 나를 찾아 건너와준 당신을 다시 만나기로 한다.

당신이 알고 있는 세상은 나보다 안전하며 건전하고 날카롭다. 당신이 내게 제시한 사랑은 헤아리기 느껍고 육중하다.

"벚꽃 보러 가지 않을래요?"

당신이 내게 한 그 말을 사랑한다. 당신이 벚꽃 터널이 있는 곳을 알려주면서 스물다섯번째 벚나무 아래에서 만나자고 한다. 그 섬세함 때문에라도 당신은 분명 다른 사람일 거라 확신했다.

나는 꽃다발을 선물한다. 유럽 사람을 흉내낸다. 화분도 선물한다. 어디 가지 말고 우리집에 있으라 한다. 새도 선물하고 새장도 선물하고 싶지만 그건 쉽지 않다. 그러다 이내 알게 된다. 내가 미리 정해진 일이라서 떠날 수밖에 없었던 짧은 출장 여행에서 돌아왔을 때 화분의 식물이 하나도 살아 있지 않다는 것을. 식물이 죽어버린 화분들을 자장면 그릇 쌓아놓듯이 창가에 쌓아두고 있는 걸 보았을 때 물을 한 번도 주지 않았을 거란 추측은 쉬웠다. 나의 각별한 부탁도 있었으니 물을 주긴 줘야겠으나 살아 있는 것으로 읽히지 않는 그것은, 당신에게 스팸 메일일 뿐일지도 모른다.

그런데 왜 그것이 나를 사랑하지 않는다는 증거가 될 수 있다고 믿으려는 걸까. 그사이 벌써 당신을 소유했다고 함부로 믿었던 것일까. 그렇게 믿는 것만으로 내가 무척 동물적이라 느끼지만 나는 그렇게 일방적이 되기로 한다. 어찌어찌 가면을 써봤자 나는 결국 동물일 테니까.

식물적으로 사랑한 사람들이 이제 동물적으로 싸운다. 식물 따위를 좋아하는 남자와 고기 구워먹는 걸 좋아하는 여자의 합은 결말을 맞게 된다. 제정신이 아닐 때 우리는 만나고, 제정신을 다 휘발하고 났을 때 우리는 헤어진다.

많이 사랑했으므로 우리는 헤어진다. 사랑을 다 써버린 까닭이고 이제 사랑의 잔량조차 깜빡거리고 있어서다. 눈 맞출 시간만 바라다가 어느덧 눈 맞출 시간이 달갑지 않은 우리의 사랑은 '사랑은 했을까⋯⋯?'라는 질문 앞에 먹먹하다. 사랑이 왜 아니었겠는가. 그토록 절절했는데. 아직도 생각하면 어지러운데.

내가 울게 되더라도 나는 당신 때문에 우는 것이 아닐 것이다. 당신의 여백과 여운을 울게 될 것이다. 사랑이 끝났다는 사실이, 사실이 아닐지도 모른다는 사실에 몸을 숨기고, 당신을 통곡할 것이다.

활기는   안 바랍니다
생기를   챙기세요

중국 우한에서 할 일이 없었다. 돌아다니는 일도 그닥 재미없었다. 운동 같은 것을 섞어서 시간을 보냈지만 그것도 무의미했다. 숙소 앞에 작은 빵집이 있었는데 나는 그곳에 도합 세 번을 갔다. 뭔가를 끄적이기 위하여, 식빵 하나를 통째로 뜯어먹기 위하여. 그리고 마지막으로는 그곳의 음악이 나쁘지 않아 음악만을 들으러.

그곳을 좋아했던 것은 사실 테이블 위에 놓인 튤립 한 송이 때문이었다. 식탁 위에 식물이 놓여 있으면 나는 그 가게를, 그 공간을 무조건 좋아하는 편인데, 그것은 그렇게 하기가 쉽지 않기 때문이다.

나는 튤립 앞에서 편해진 기분으로 마구 나의 내부를 어질렀다. 세번째 방문했을 때가 되어서야 나는 테이블에 놓인 꽃 한 송이가 가짜라는 사실을 알고 무릎을 쳤다. 평소 멀리서도 진짜 꽃과 가짜 꽃의 구분을 꽤 잘하는 편인데, 유리병에 물이 가득차 있어서 나도 모르게 그렇게 생각했던 것 같다. 단지 이상한 것은 튤립이 처음 갔던 날과 똑같은 상태를 유지하고 있다는 점이었다. 장미 같은 꽃이라면 몰라도 튤립은 조금씩 피어나면서 여러 변화를 보이는 꽃인데 이상해서 만져보니 조화였다. 잘 만들었네. 나는 며칠 속은 게 부끄럽고도 어색해서 혼잣말로 그랬던 것 같다. 그렇다면 물은 왜 담아놓아서 사람을 이리 완벽하게 속인단 말인가. 튤립 한 송이 때문에 이 빵가게에 세 번이나 오다니. 내가 썩 불편해하는 둔한 사람, 그 둔한 사람이 되고 말았다.

조화가 어때서 그러냐고 묻는다면 거짓에 절여진 이 세계에 가짜 그림과 가짜 꽃을 차려놓고 우리에게 둔하게 살아도 좋다고 세상이 강요하는 것 같아 싫다고 말하겠다.

술집에서 당신과 술을 마시고 있는데 누군가와 마주친다. 그 사람을 마지막으로 본 건 십 년도 넘은 것 같다. 나에게 전화번호를 묻더니 저장을 한다. 그 사람이 멀어지고 나자, 당신이 나에게 슬쩍 몸을 기울여 말한다.

"저 사람 연락 안 할 거 같은데 번호를 왜 묻지?"

'관성 때문이지'라고 나는 말하려다 참는다.

나는 그렇게 말하는 당신이라서 좋았다. 그렇게 아무렇지도 않은 것에 섬세한 자기 생각을 던지는 것과 그 생각이 번번이 들어맞는, 다른 사람.

그것은 내가 당신을 좋아했던 여든여덟 가지 이유 가운데 하나였다. 그후에 다시 그 사람을 마주쳤을 때도 그 사람은 다시 나에게 전화번호를 물었으니까.

보이지 않는 것에 대해 말하는 것은, 보이지 않는 것을 보려는 의지일 것이다. 보이지 않는 것을, 볼 수 없는 것들을 보겠다고 사는 나 같은 사람에게는 주변의 그런 사람들이 친구가 된다. 큰 숟가락으로 먹어야 맛있는 음식과 작은 숟가락으로 먹어야 맛있는 음식은 분명 다르게 존재한다. 섬세하지 않은 사람과는 이야기하기 거북하다. 섬세하지 않은 사람이 나를 스캔하는 방식도 밉고, 알량한 내 섬세함이 그 사람이라는 벽에 부딪혀 튕겨지는 것도 맵다. '소모'라는 말로도 적합하지 않을 것 같은, 기운 빠지는 기분만으로도 내 자신이 훼손되는 일은 겪을 만큼 겪었다. 싫다고 하기도 싫다. 그건 내 섬세함 때문일 것이고, 나는 그것을 불치병으로 가졌다. 그것은 음식점에서도 카페에서도, 하물며 주민센터의 직원한테서도 당한다.

세상 모든 것을 다 받아들이려는 태도까지는 좋지만, 그러다가 모든 상황 앞에서 바스러지게 될지도 모르는 '나'라는 사람이 살 길은 제발 '사람'이 아닌 것이어야 한다. 사람이 아닌 살아 있는 것. 사람이 아닌 아름다운 것. 사람이 아닌 결핍을 가진 것. 그런 것이라면 내가 그것이 되고 싶은 것이다. 그 괄호 안에다 감히 식물을 채운다. 식물을 키우는 일은 그리 일방적인 관계도 아닐 테니, 식물을 대한다는 건 내 쪽에서 하등 상처받을 일이 없을 거란 일방적인 생각을 가졌으니. 하지만, 이 입장만으로도 나는 얼마나 동물인가.

"너는 왜 그렇게 여행을 다니니? 그 시간에 차라리 글을 쓰지"라고 했던 선배 작가 부부의 충고에 대한 대답은 그 정도쯤이 되겠다. 식물을 너무 많이 키운다고 "화분에 물을 주려면 한 시간도 더 걸리겠어"라고 했던 선배에게 할말 역시 그 정도가 되겠다. 사람 세계라는 질서만으로 자기 이외의 세계를 무조건 참견하려는 관성들, 그리하여 모르면서 아는 체하려는 어른들의 극성들. 지랄맞도록 나쁜 균이다. 나는 어떤 무엇을 찾아 헤매는 중이고 참견하는 이들의 시선 따위가 지도를 알려줄 거라고 믿지 않은 지 오래다.

그렇다면 나는 찾아낸 것이다. 식물들을 늘려가는 일들로 내 주변이 환해졌다면, 그것은 분명 내가 어떤 식으로든 나아졌다는 것인데, 식물로부터 흘러들어온 힘과 식물이 나에게 던져준 어떤 밧줄 같은 것들이 온몸에 근육을 나눠준 것이다.

그래서 나는, 찾게 되고 알게 된 이것을 나누고만 싶다. 나는 내 후배들이, 친구들이 생기 있었으면 한다. 활기는 바라지도 않는다. 생기 없는 얼굴로 하루를 견디거나 날려버린다면 나는 아프다.

생기가 없다는 것은 고민이 없는 것이고, 의지가 없기에 생기조차 없는 거라고 나는 우기며 따지려 한다. 물론 한 방에 생기를 올릴 수 있는 것은 사랑.

어제는 길에서 버스를 기다리던 모르는 청년이 흐린 하늘을 올려다보더니 이런 말을 하는 걸 들었다. "아, 저 하늘은 나의 미래 같구나." 잘못 들은 줄 알았다. 노인도 아니면서 저런 말을 사람 많은 데서 내뱉는 사람은 드무니까. 그런 생각도 잠시, 나는 제대로 들은 것 같아 청년에서 상을 주고 싶은 마음이었다. 정말로 미래가 그럴 것 같다면 흙도 만져보고, 씨도 뿌려보고, 자신이 말라가는 이유에 대해 주의를 기울였으면 하는 의미에서 말이다. 그렇지 않으면 이 나라에서는 불행으로 세금을 바쳐야 한다.

나 또한 다른 사람으로 태어나고 싶다. 사랑의 대상 앞에서 사랑
한다고 말하는 사람으로 태어나야 한다. 잘못 앞에서 잘못했다고 말
할 줄 아는 사람으로 태어나야 한다. 그럴 수 없는 상황에서도 꼭 그
렇게 하고 마는 씩씩하고 넉넉한 사람.

'다시 태어난다면……'이라는 맥빠지는 소망과 가정이 과연 이 생
에서 필요할까. 이 생에서 당신 삶은 돌아오는 계절마다 리셋되어야
한다. 그래야 한다.

매일 정각
자신에게 꼭 한 번씩은 들르는

우리는 타지에서 캠프를 핑계로 모였습니다. 서로를 알아가는 은밀함과, 그래도 조금은 여전히 서로를 모르는 거리감으로 며칠, 다정했습니다. 헤어지는 시간이 되었을 땐, 모두들 아쉬워하느라 마음이 바빴습니다. 마지막날 밤, 나는 캠프에 모인 사람들에게 몇 가지를 질문했습니다.

앞으로 꿈꾸는 일, 지금 행복하다면 그 이유는. 제일 사랑했던 사람. 세 가지 물음 가운데 하나를 골라서 대답을 해달라고 한 것은 미래, 현재, 과거에 연결된 것들이어서였습니다.

집을 지어서 커다란 피아노를 들여놓고 싶다는 사람도 있었고, 얼마 전 연애를 시작한 사람이 있는데 그 사람이 삼 년 전에 아프게 헤어진 사람을 다시 만나고 있어서 조금, 많이 행복하다는 사람도 있었습니다. 한 사람에게 시선이 멈췄습니다. 한 사람이 제일 사랑했던 사람에 대해 이야기를 꺼냈는데, 난 그만 그 답변 앞에, 너무나도 과격하게 급정거를 했기 때문에 전체 분위기가 출렁했던 것도 같습니다.

한 사내의 차례가 되자 제일 사랑했던 사람은 '자기 자신'이라고 했습니다. 그랬습니다. 혼자인 자기 자신을 사랑한다는 말은, 어느 날 아침 전혀 기대치도 못한 인사처럼 당황스러웠습니다. 그의 대답은 아마도 자기 자신을 사랑해보지 못한 사람들을 흔들었을 겁니다.

이타적인 사랑도 했을 것입니다. 결혼도 했고, 아이도 있다고 했으니까요. 나는 '태어나 지금껏 가장 사랑한 사람이 자신이었다'는 그 말에 숙연해졌습니다. 뇌 속의 공기들이 촘촘히 재배열되는 느낌이었습니다. 그 자리에 있던 모든 사람들의 머릿속에는 어떤 나지막한 목소리가 종을 치듯 들려왔을 겁니다. "그렇다면 여기 있는 모두는 아직 자기 자신을 사랑해본 적이 없는 건가요?" 하고 말입니다.

사람들은 자신을 미워하거나 학대하는 방식으로도 자기 자신을 사랑합니다. 그리고 누군가를 사랑하는 것보다는. 세상에서 가장 정확한 사랑의 형태일 거라는 이유로 우리는 스스로를 사랑합니다.

태초에 아담과 이브에게 사과를 먹게 한 것도 인간을 창조한 신이, 인간이 스스로를 사랑하지 않게 한 설정일 수도 있습니다. 자기 자신이 아닌, 자기 이외의 누군가를 사랑하는 방식이 낫겠다며 신은 사과 하나로 실험을 한 것이죠. 자기 자신만이 아닌 타인과의 조우를 통해서, 가로와 세로인 그 둘을 만나게 함으로써 황금분할이 된 그 지점에 세상의 더 많은 것들을 피어나게 한 겁니다.

하지만 거기 그 지점에 자기 자신을 사랑했으며, 사랑하는 사람이 있습니다. 사과는 입에 대지도 않고, 에덴동산은 가본 적이 없으며 단골 가게조차도 바로 자기 지신인, 그런 사람이에요.

어쩌면 다시는 기억하고 싶지 않은 어느 한때의 끔찍한 사건을 돌아보지 않으려는 사람.

"우주의 모든 이치는 한 치의 오차도 없이 오직 한 사람, 바로 당신을 향해 있다"는 시인 월트 휘트먼의 말을 처음 들었을 때부터 믿었던 사람. 그 말이 가슴에 번지는 바람에 통곡하고 싶었던 사람.

"너는 너만 생각하잖아?"라는 소리를 타인으로부터 두 번 들었으며 "너는 너만의 세계에 갇혀 있어"라는 소리 또한 두 번 들은 적이 있는 사람은 이제 두 발을 꽁꽁 묶고 자신을 향해 서 있는 사람입니다.

'자기 자신'을 잊으면 안 될 것임을 알고 꾸준히 연습하는 사람일 것이며, 평생 동안 그 어떤 사랑을 하지 않고도 사는 사람이 있다는 사실에 대비해 연습중인 사람일 것입니다. 두 발을 꽁꽁 묶어놓은 다음에야 담 너머 세상의 공기를 그리워하게 되는…… 사람들은 왜 만나야 하며, 그런 와중에 왜 사랑해야 하는가를…… 묶어둔 두 발을 내려다보며 알게 되는 것입니다.

자신에게로 난 길 끝까지 걸어갔다가 절벽을 마주하고는, 갔던 그 길을 다시 고되게 되돌아나오는 것이 아니라 텅 빈 빨대 속을 휘익 하고 통과하는 의례 같은 것이라고 생각하는지도 모릅니다.

그 사람을 가만히 내버려두려 합니다.

단것은 입에도 대지 않고, 많은 사람들이 모인 유희로 넘쳐날 것 같은 곳은 가지도 않으며, 매일 정각에 자신에게 꼭 한 번씩은 들르는, 혼자 스스로를 사랑하고 있는 그 사람을 알게 되어 나는 반가운 나머지 기뻐지려 합니다.

그리고 행복하다는 소식을 들었습니다

1판 1쇄   2022년 9월 13일
1판 3쇄   2022년 9월 23일

지은이   이병률

책임편집   이희숙
편집   윤희영 원수연 이희연 염현숙
디자인   최정윤 조아름
마케팅   황승현 김도윤
브랜딩   함유지 함근아 김희숙 박민재 박진희 정승민
제작   강신은 김동욱 임현식

펴낸곳   달 출판사
출판등록   2009년 5월 26일 제406-2009-000034호

주소   10881 경기도 파주시 회동길 455-3
✉   dal@munhak.com
🐦ⓕ📷   dalpublishers

전화번호   031-8071-8682(편집)
        031-8071-8671(마케팅)
팩스   031-8071-8672

ISBN   979-11-5816-155-2 03810